INHALT

HOT DOG
Kazusa Takashima

H DOG I
FALL IN LOVE

ALSO DANN, BIS MONTAG, UKYO!
OKAY!
BIS DANN!
JEDEN TAG UM DIESE ZEIT...
... KOMMT MEIN LIEB-LINGSMENSCH HIER VORBEI.
UND SEIN NAME IST UKYO, JE-DENFALLS SOWEIT ICH WEISS.
HEY, SEHT MAL! DER HUND SCHLEICHT JEDEN TAG HIER RUM!
IGITT, IST DER VER-LAUST!

LOS, HALTET IHN FEST!
GYAAH
WAH
WAH
HE, DU BIEST!
WIR SORGEN SCHON DAFÜR, DASS DU BESSER AUSSIEHST!
WAS MACHT IHR DENN DA?
WAH!

WAH WAH
ECHT...
MIST-GÖREN...
ÄCHZ

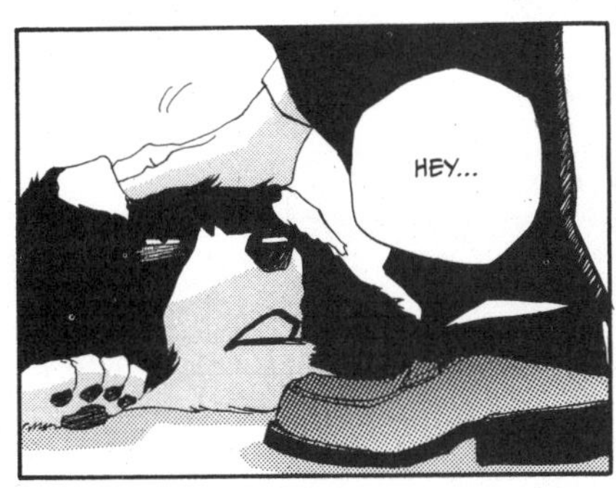
HEY...

DU ARMER!
GEHT'S DIR GUT?

DU BRAUCHST DOCH KEINE ANGST ZU HABEN!
DAS GIBT'S JA NICHT, UKYO?!

ICH TU DIR NICHTS!
WUSCH
WUSCH
NEIN, NEIN!

HEY, KOMM SCHON!
GYAH
SCHAU MICH NICHT AN, ICH SEH SO JÄMMERLICH AUS!

DU BIST DOCH DER STREUNER, DEN ICH IMMER HIER RUMLAUFEN SEHE.
KOMM MIT MIR NACH HAUSE!
UND JETZT STRAHLT DIESER MENSCH, DEN ICH SO SEHR LIEBE, MICH AN.
ICH WÄRE SO GERNE IMMER BEI IHM UND WÜRDE SO GERNE ANDAUERND SEINE STIMME HÖREN.
JEDE NACHT FLEHE ICH DEN MOND AN, DASS ER MICH EINMAL MIT SEINEN WANGEN BERÜHRT, DAFÜR WÜRDE ICH SOGAR MEINEN STOLZ ALS HUND AUFGEBEN.
DAS GIBT'S DOCH NICHT...

HEUL
U... UKYO!

?!

IRRE! DU KANNST REDEN?
WOHER WEISST DU, WIE ICH HEISSE?!

IRRE, ECHT IRRE!
UKYO IST ECHT SO SÜSS!

WARTE!
SCHWITZ

ICH MACH DICH SAUBER!

NA, KOMM SCHON!
D...DIE ERREGUNG HAUT MICH UM...
BEB
BEB
WAS DENN, MAGST DU KEIN WASSER?
ICH MUSS DICH ABER WASCHEN, SONST KANN ICH DICH NICHT REINLASSEN!
SAU-BER ...
SCHRUBB
SCHEUER
SCHRUBB
GLÜCKLICH
ECHT IRRE...
DU KANNST WIRKLICH SPRECHEN!
SPLASH
DAS LIEGT ALLES...
BLINZEL
SPLASH
... NUR AN MEINER LIEBE ZU IHM...
HEY, JETZT BIST DU SCHÖN SAUBER!

ICH HAB'S!
ICH NENN DICH KURO!
WEIL DU PECH-SCHWARZ BIST!
EIN NAME FÜR MICH?

UKYO HAT MIR EINEN NAMEN GEGEBEN!
WHUPP
BRAV, BRAV.

KURO GLÜCKLICH!

UKYO!
FREUST DU DICH ECHT SO S...

WEDEL
WEDEL
UKYO!

SCHOCK

HAH HAH
HAH HAH
OH MEIN GOTT! OH MEIN GOTT!
HAH HAH
KURO... KURO...
... SAH EBEN WIE EIN MENSCH AUS?!

SCHLUCK

STA RR
ABER ER IST DOCH EIN HUND?!
STIMMT WAS NICHT MIT MIR?

RUBBEL
JETZT BIST DU WIEDER SCHÖN FRISCH!
RUBBEL
FRISCH.
AHAHA, JA!
DU BIST EIN ZIEMLICH GUT AUSSEHENDER BURSCHE, KURO!
HEHE
UKYO...
ERRÖT
WAS ZUM TEUFEL...
... WAR DAS EBEN?
...
HIER, FRISS DAS.
MAMA UND PAPA KOMMEN SPÄT NACH HAUSE, WAS ANDERES HABEN WIR NICHT IM SCHRANK!
SCH... SCHMECKT'S, KURO?
SEUFZ
ER SAH SO GUT AUS...
ICH GLAUB, ICH BIN EINFACH MÜDE.
HAPPS
HAPPS
WUFF
WAS, SCHON FERTIG?
SCHON GUT, ICH GEB DIR MEINS!
SCHLECK
DAS KITZELT!
...

HEY, DU KRIEGST ES JA!
SCHLECK
SCHLABBER
GYA HA HA HA
I...IRGEND-WIE WERDE ICH GANZ HIBBELIG!

KURO!
WEDEL
WEDEL

PLATSCH
WEDEL
WEDEL

SCHLAPP
SCHLAPP
SCHLABBER

SCHLECK
HECHEL

ÄH...
SCHÖN WIE-DER...!

UKYO...

WA...
FWU
PP
!!

WAH!
HE!
ZACK
AUA!
AAH!
WAH!
GLITSCH
GLITSCH
GLITSCH
I...ICH MUSS HIER WEG!

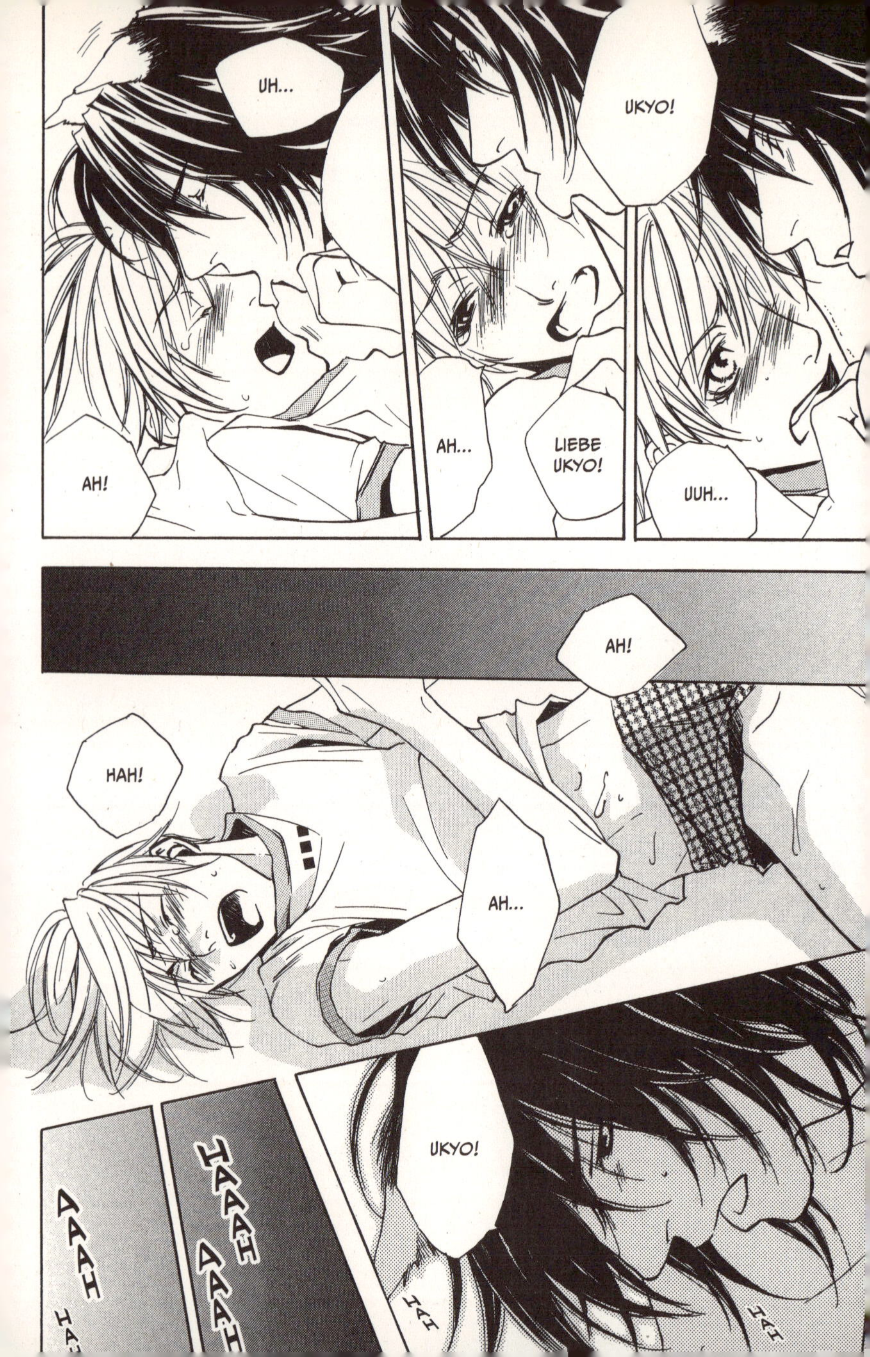
UKYO!
UUH...
LIEBE UKYO!
AH...
UH...
AH!
AH!
HAH!
AH...
UKYO!
HAAAH AAAAH
AAAH

TSCHILP
TSCHILP
HAH

UMPF
URGS

ICH...
... HAB GETRÄUMT, ICH HÄTTE MIT SO 'NEM TYPEN GE-SCHLAFEN... ACH, MIST, ICH GLAUB, ICH HAB WIRKLICH ABGESPRITZT...
MEINE HOSE IST GANZ FEUCHT.
SCHNELL AUSZIEHEN.

NOCH DAZU HATTE DER KERL OHREN WIE EIN HUND.
SCHWITZ
ZZZ

UAH, ICH ERINNERE MICH WIE-DER.
SCHWITZ

WUSCH
BILD ICH MIR DAS EIN ODER TUT MIR DER HINTERN WEH?

...

...
HAH
DER TRAUM HAT MICH JA GANZ SCHÖN WUSCHIG GE-MACHT.
GRUMMEL
MH...
EIN TYP MIT HUNDEOHR-REN...

WAS STIMMT DENN NICHT MIT MIR?
WHU
BRAV, BRAV.
EIN HALS-BAND FÜR DICH!
WAU
KURO!
PP
BIN WIEDER DA!
WAU
WAU
WAS SAGST DU DAZU?
HAH
STEHT DIR GUT, KURO!
HAH
HÜBSCH!

JETZT KANN DICH NIEMAND MEHR FÜR EINEN STREUNER HALTEN UND QUÄLEN!
JETZT BIST DU SICHER, KURO!
BLINZEL
BLINZEL
U...
SCHLECK SCHLECK
SCHLAPP
UKYO!
WAH, DAS KITZELT!
FREUST DU DICH SO SEHR?
HAH ...
ICH BIN SCHON WIEDER SO AUF-GEREGT!
KU...
FWU
PP

VERWIRRT
KURO?!
MIT HUNDE-OHREN?!
NEIN!
ZAPPEL
ZAPPEL
KURO?!
BLEIB MIR VOM HALS!
GYAH!
SCHÜTTEL SCHÜTTEL SCHÜTTEL
OKAY, VERSTAN-DEN!
SCHÜTTEL
SCHÜTTEL
SCHÜTTEL
ICH NEHM ES DIR SOFORT AB!
AH!

HILFE...
MMMH!
WARUM MUSS MIR SO WAS PASSIEREN?

E... ES IST AB.
KEUCH
KEUCH

PUH

ZACK
SCHLUCK
BLINZEL
HALSBAND ...
DER KERL AUS MEINEM TRAUM!
AH...

UKYO...
HAB ICH SCHON HALLUZINATIONEN?!
... MIR GEGEBEN.

KURO KEINE LUFT.
SORRY.

WARTE MAL...
DU...

KURO BÖSE.
SORRY.

BIST DU DAS WIRKLICH... KURO...?

ICH KURO.
UKYO...
... MICH SO GE- NANNT.
KURO UKYO LIEB.
KURO JEDE NACHT ZU MOND GE- BETET.

KURO SPRE- CHENDER MENSCH WERDEN.
UKYO LIEB.

SCHLECK
AH...

SCHLECK SCHLECK

K...KURO, NICHT SO...
LIEBER GOTT...

MENSCHEN ...

... WENN DU DENKST, ICH BIN VERRÜCKT, DANN LACH MICH RUHIG AUS.
... MACHEN DAS SO.

ER SCHLABBERT JA!
SCHLECK
SCHLECK
SCHLECK
SCHLECK
SCHLECK
MH!
MH!

AH...
WARTE!
UKYO...
ALLES LIEB.
MH!
ERST GANZ AUSZIEHEN.
GANZ AUSZIEHEN.
WEITER ...
FASS MICH ÜBERALL AN.
AH...
MH...

HAH
HAH
AH!
ABER...
KU...
... RO...

KOMISCH IST DOCH DERJENIGE...
... DER DIESE WELT ERSCHAFFEN HAT, IN DER ES DEN MENSCHEN VERRÜCKT ERSCHEINT, JEMANDEN ZU LIEBEN, DER VIELLEICHT KEIN MENSCH IST.

HOT DOG — FALL IN LOVE - ENDE

H DOG I
BURNING ☆ LOVE

KURO, BIN WIEDER DA!
WAU
ICH BIN UKYO TAKAMURA, 18 JAHRE ALT.
UND DAS IST MEIN GELIEB-TER HUND KURO.
WAU
BRAV, BRAV.
WARST DU AUCH BRAV HEUTE?
WUFF
WUFF
ER IST EIN WIRKLICH ER-STAUNLICHER HUND!
JA, ICH WEISS JA!

SCHMATZ
JA, ICH HAB DICH AUCH VERMISST!

BLINK BLINK
UKYO!
AH.

HIER IM EINGANG SOLLTE ER NICHT ZU SEHR AUFDREHEN!
WUFF
WUFF
K...KURO! HEY, ICH HAB DIR WAS MITGEBRACHT!
GEH REIN, LOS, REIN MIT DIR!
UNGLAUBLICH, ABER...
... ER KANN SPRECHEN WIE EIN MENSCH – WENN AUCH NUR IN EINFACHEN WORTEN!
TA-DAAA! ♪

DAS STEHT DIR SUPER, KURO!
WAH!
SUPER?
SÜÜÜSS!
HEY, HEY!
ICH ZIEH MICH GLEICH UM UND WIR GEHEN GASSI...
... JA?
WAU WAU
SO SÜSS!
DU BIST WIRKLICH IMMER SÜSS, EGAL WAS DU MACHST!
T-SHIRT! ♡
GASSI! ♡
HOPPS
HOPPS
HOPPS
UND NOCH ETWAS IST UNGLAUBLICH AN KURO...
HEUTE GEHEN WIR MAL WEITER ALS SONST!

WENN ER AUFGEREGT IST, VERWANDELT ER SICH IN EINEN MENSCHEN.
UKYO!
HOPPS
HOPPS
HOPPS
UKYO! ♡
...

GASSI! ♡
HI HI HI
KURO...
ICH FREU MICH JA, WENN DU DICH SO FREUST...
... ABER SO KÖNNEN WIR NICHT GASSI GEHEN!
SEUFZ
GEHEN WIR MORGEN WIEDER, OKAY?
OKAY?

ABENDESSEN, KURO!

ICH HAB AUCH DIE ZWIEBELN UND GEWÜRZE WEGGELASSEN!
DEIN LIEBLINGSESSEN, KARTOFFELGULASCH!
SCHNÜFF SCHNÜFF
GULASCH.

WUFF

DU WILLST NICHTS?
ABER HEUTE IST ES BESONDERS LECKER!
SCHMOLLT ER, WEIL WIR NICHT GASSI GEHEN KONNTEN?
WIR WAREN SCHON SO LANGE NICHT MEHR...

HEY, KURO!
ES IST ZWAR SCHON DUNKEL, ABER WIR KÖNNTEN AUCH JETZT GASSI GEHEN!

WAH!
WUFF
UKYO!
GASSI!
GU-LASCH!
SCHON WIEDER...
... HATTE KURO SICH IN EINEN MENSCHEN VERWANDELT.
WIR WARTETEN BIS TIEF IN DIE NACHT UND GINGEN DANN IN EINE GEGEND, WO NIEMAND UNTERWEGS WAR.
U...
UKYO!

MENSCHEN ...
... GEHEN ANSTRENGEND!
UKYO, GEHEN ANSTRENGEND!
HAHAHA!
MIR MACHT DAS NICHTS, ICH BIN ES GEWOHNT!
SOLLEN WIR HIER EINE PAUSE MACHEN?
WENN MAN ES NICHT GEWOHNT IST, AUF ZWEI BEINEN ZU LAUFEN, IST DAS SICHER HART!

KURO!
NICHT DAS WASSER DA TRINKEN!
WAS-SER!
WARTE HIER, ICH HOL DIR EINEN SAFT!
KURO WARTEN.

OB ER WOHL O-SAFT MAG?
EIGENT-LICH NICHT SCHLECHT, HIN UND WIE-DER MIT IHM ALS MENSCH SPAZIEREN ZU GEHEN.
AUCH WENN MIR GANZ SCHÖN DAS HERZ DABEI BUPPERT.
KURO!
DA BIN ICH WIEDER.

KURO WARTET!
MAN SIEHT DEINE OHREN.
UKYO!
JA, JA.
SO SÜSS!
DU HAST DURST, HM?
KEIN WASSER.
SO MACHT MAN DAS.
SCHLECK
SCHLECK
PFT, KLAR, IST JA DAS ERSTE MAL, DASS ER AUS EINER DOSE TRINKT.
MH, KURO...
W...WARTE, ICH GEB ES DIR JA!

MMH!
UKYO LECKER!
UKYO!

SCHLUCK
ÄHM, WAS MACHT IHR BEIDEN DENN DA?
OH...
DAS DÜRFT IHR HIER ABER NICHT!
ICH HAB VÖLLIG VERGESSEN, DASS WIR IM PARK SIND!
UMPF
GYAH!
HALLO!
OH, IHR SEID BEIDE JUNGS?
UAH...
GRRR
WAH!
JUNGS, IHR ERREGT JA HIER DAS ÖFFENTLICHE ÄRGERNIS!
MANN, WAS DENKT SICH DIE JUGEND VON HEUTE EIGENTLICH?
WIR MACHEN GAR NICHTS, WIR GEHEN SCHON!
GEHEN WIR...
... KURO ...

KURO!
AUS, LASS DAS!
KURO, NICHT!
NICHT DÜRFEN!
HEY!
HAST DU NICHT GE-HÖRT, PFUI!
UKYO SCHIMP-FEN?
NICHT DÜRFEN!

KURO ...
GRRRR
LASST MICH AUS EUREN KOMISCHEN SEXSPIEL-CHEN RAUS!!
GAAAH
DAS REICHT, KURO.
NEIIIN
KOMM.
UKYO... LÄCHELT...
POLIZISTEN DARF MAN NICHT ÄRGERN.
KOMME!
SCHNELL, KURO!
H...H... HIERGE-BLIEBEN!

HIERGE-
BLIEBEN!
SCHNELL
WEG!

RASCHEL
RASCHEL

RASCHEL

RIECHST DU
IHN NOCH?
WEG.
GUT,
WEG.

OH
MANN,
WAR
DAS KO-
MISCH!
MAN HAT
SEINEN
PO GE-
SEHEN!
KICHER
KICHER
KICHER
ER
WEG.
UKYO
SICHER.

DANKE,
KURO.
DU HAST
MICH BE-
SCHÜTZT.

KURO...
... UKYO BE-SCHÜTZEN.
UKYO...
MH...
BESCHÜTZ MICH, KURO.

UKYO LIEB.
ICH DICH AUCH, KURO!
OB NUN MANN ODER FRAU...
ICH LIEBE DICH!
... MENSCH ODER HUNDEMENSCH (?)...

KURO...
... DAS SPIELT KEINE ROLLE MEHR...
... DAS SPIELT LÄNGST KEINE ROLLE MEHR...

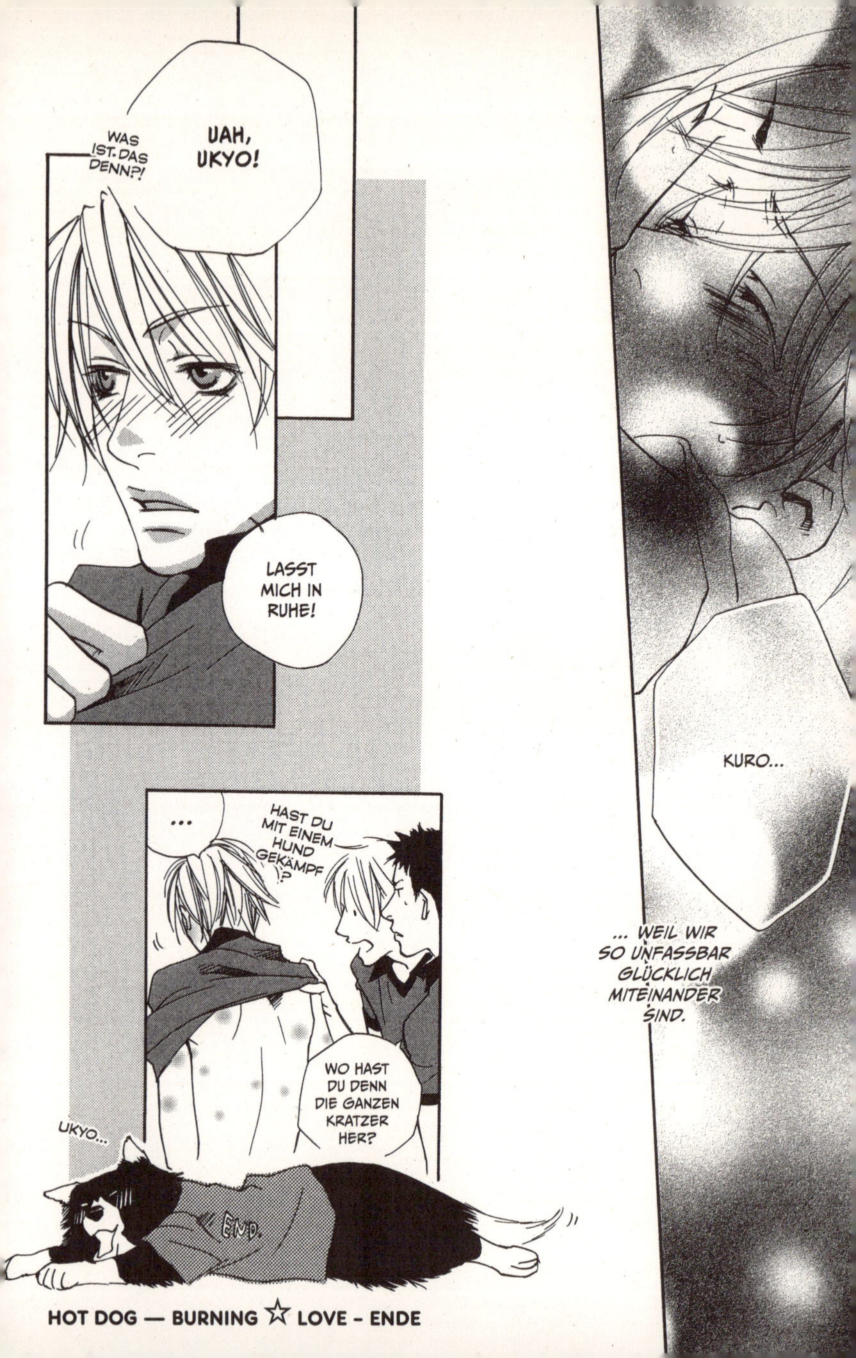

HOT DOG — BURNING ☆ LOVE - ENDE

H DOG I
GETTING ☆ LOVE

KURO!
ICH BIN UKYO TAKAMURA.
EIGENTLICH EIN GANZ NORMALER OBERSCHÜLER.
ES IST SO HEISS HEUTE, LASS UNS SCHWIMMEN GEHEN!
UND DAS HIER...
WAU
WAU

WAU
... IST MEIN GELIEBTER HUND KURO.
WAU
PLATSCH

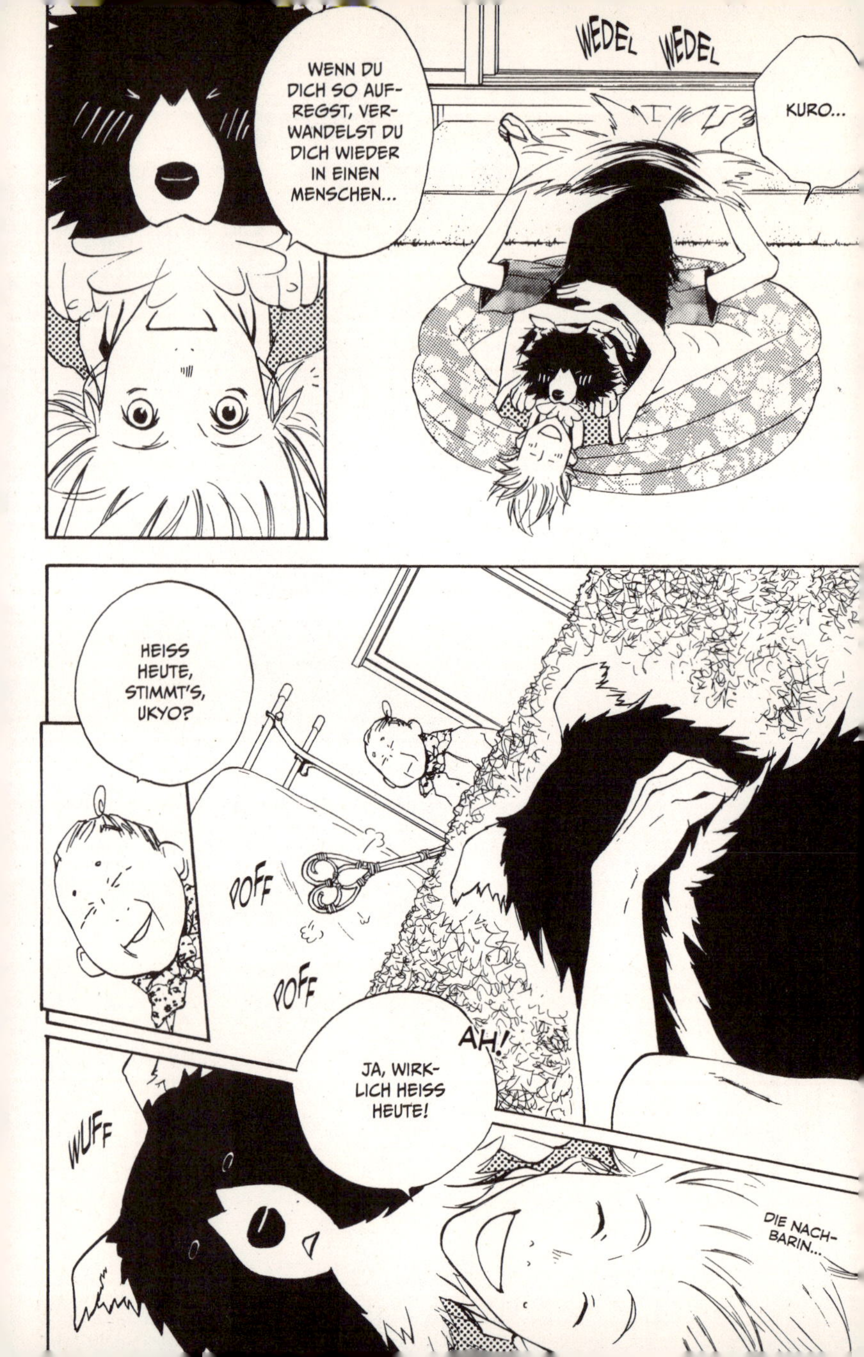
WEDEL WEDEL
KURO...
WENN DU DICH SO AUFREGST, VERWANDELST DU DICH WIEDER IN EINEN MENSCHEN...
HEISS HEUTE, STIMMT'S, UKYO?
POFF
POFF
AH!
JA, WIRKLICH HEISS HEUTE!
DIE NACHBARIN...
WUFF

KOMI-
SCHER
JUNGE...
DER ALBERT ZU VIEL MIT DEM HUND RUM!
WAU WAU
WHUPP
KURO...
NICHT BEL-
LEN!
JA, SO IST DAS.
ES DARF NATÜRLICH NIEMAND WIS-
SEN...
WUFF
... ABER WENN KURO SICH AUFREGT, DANN VERWANDELT ER SICH IN EINEN MENSCHEN!

UKYO!
JA, JA.
AUSSERDEM KANN ER IN EINFACHEN WORTEN SPRECHEN WIE EIN MENSCH.
DIE MEISTEN WÜRDEN SAGEN, ICH BILDE MIR DAS NUR EIN.
WIR GEHEN GEMEINSAM SCHWIMMEN!
ICH ZIEH MICH SCHNELL UM, WARTE HIER, JA?
FIEP

WARTE HIER.
ICH ZIEH MICH SCHNELL UM.
GEMEIN-SAM.
GEMEINSAM SCHWIM-MEN.

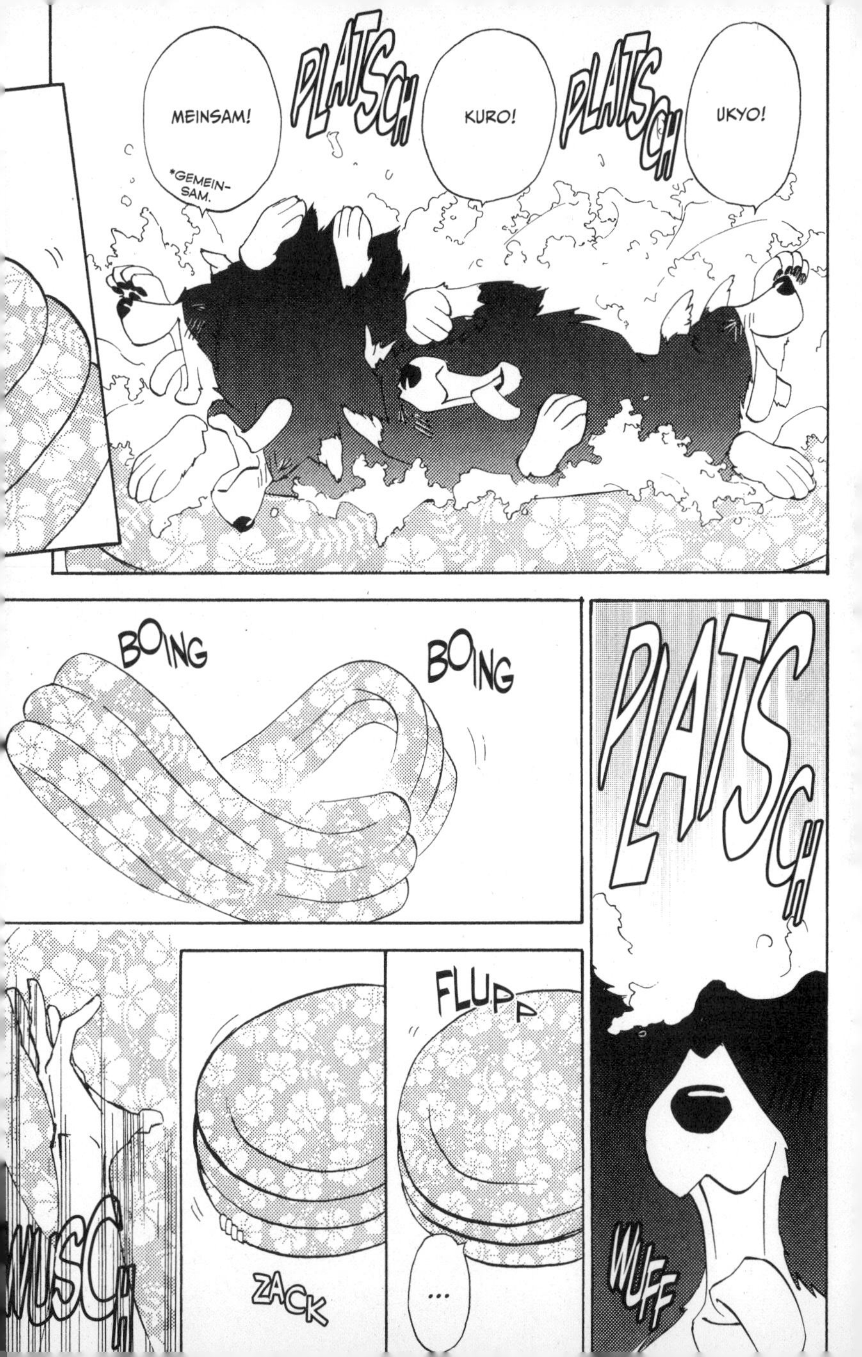
UKYO!
PLATSCH
KURO!
PLATSCH
MEINSAM!
*GEMEIN-SAM.
PLATSCH
WUFF
BOING
BOING
FLUPP
...
ZACK
WUSCH

FWOPP
TAP

TAPS
SCHNÜFF
SCHNÜFF
TAPS
...
HM.
AH!
UKYO, GANZ VERGESSEN!
ICH HAB DIESES JAHR WIEDER SO VIELE GURKEN!
WHUPP
RATTER

GYAAAH!!

HILFE!
SCHATZI, KOMM SCHNELL!
KURO!!!
MIST!
IM NACHBAR-GARTEN IST EIN PER-VERSER! NACKT!!
SCHON WIEDER ?!
BERUHIG DICH!
KURO, SCHNELL, SCHNELL!
WHAMM
HAH...
HAB ICH MICH ER-SCHRECKT.
RUTSCH

UKYO ER-SCHRECKT ?!
KURO BÖSE.
ES IST NICHT DEINE SCHULD!
ICH MUSS BES-SER DARAUF ACHTEN, DICH NICHT AUS DEN AUGEN ZU LASSEN!

NUR SCHADE, DASS WIR JETZT NICHT SCHWIM-MEN GEHEN KÖNNEN.
SCHLECK
DANN EBEN EIN ANDERES MAL!

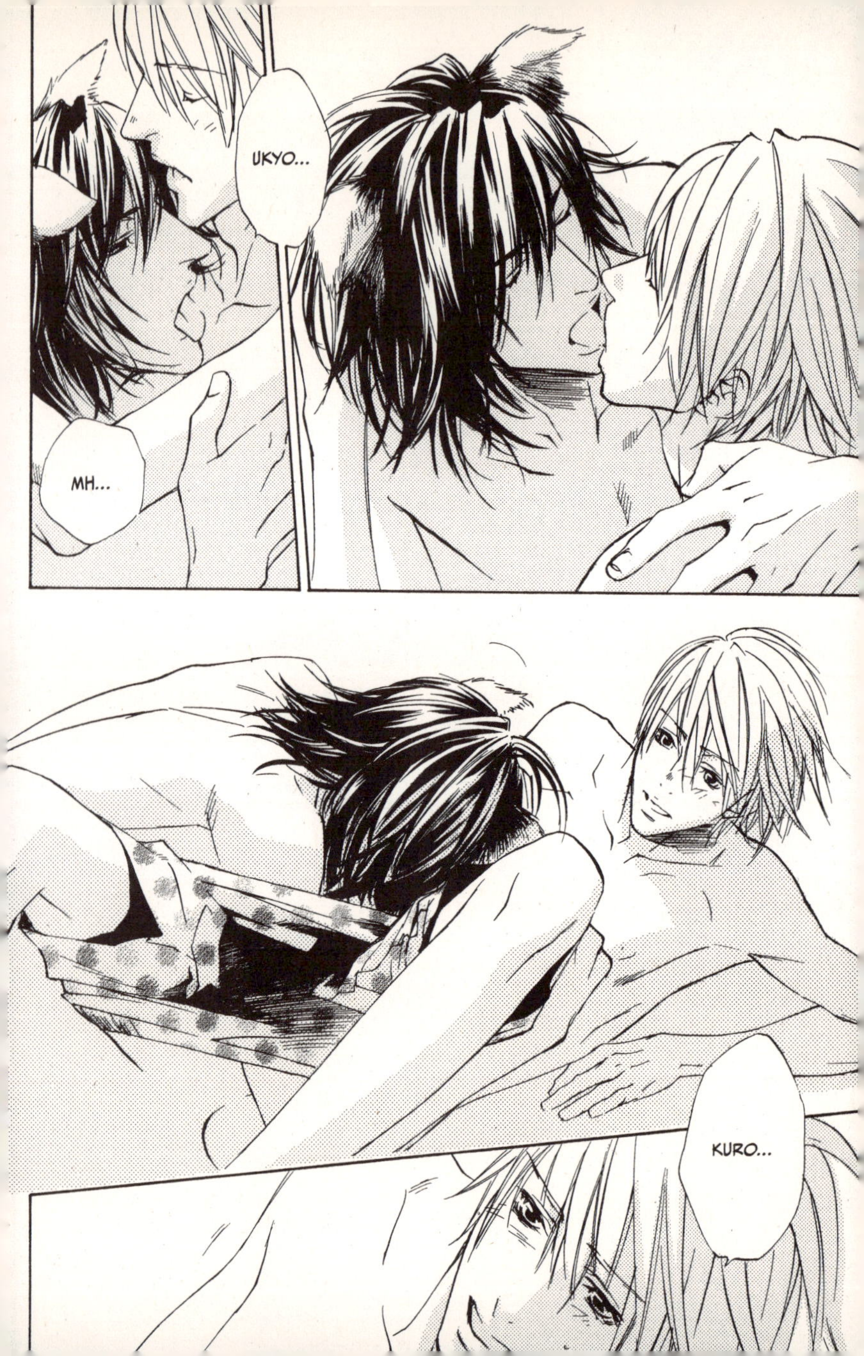
UKYO...
MH...
KURO...

ES IST DOCH SO HEISS.
UND DU...
... MACHST MICH NOCH HEISSER.

HOT DOG — GETTING ☆ LOVE — ENDE

KASUMIS PAPA UND MAMA WERDEN VON MORGEN AN GETRENNT LEBEN.
SIE LASSEN SICH SCHEIDEN.
KASUMI MUSS MIT DER MAMA GANZ WEIT WEGZIEHEN.
ABER KASUMI WILL HIER NICHT WEG.
KASUMI, WAS MACHST DU DENN HIER?!
WIR MÜSSEN UNS BEEILEN, SONST VERPASSEN WIR DAS FLUGZEUG!
MAMA!
MAMA!
ICH WILL MIT KEN HIERBLEIBEN, MAMA!
KEN!
ABER DU WEISST DOCH, DASS DAS NICHT GEHT. JETZT HÖR AUF DAMIT!
KEN!
K...
KASUMI!
DER SOMMER IST ZURÜCK

ICH WERDE IMMER AUF DICH WARTEN!
ICH WERDE SO LANGE HIER AUF DICH WARTEN, BIS DU ZURÜCKKOMMST, KASUMI!
VERSPRICH ES MIR! VERSPRICH MIR, DASS DU ZURÜCKKOMMST!
KEN!
ZIRP
ICH WERDE ES DIR NIE VERZEIHEN, WENN DU DEIN VERSPRECHEN BRICHST!
BUÄÄÄH
SCHLUCHZ
KASUMI, SEI NICHT SO DUMM!
ZIRP
ZIRP

DER SOMMER IST ZURÜCK

GÄHN
ALSO HÖR MAL, KENTARO!
AUCH WENN SOMMERFERIEN SIND, BRAUCHST DU NICHT DEN GANZEN TAG ZU SCHLAFEN!
LASS MICH IN RUHE.
SEIT DU AN DER UNI BIST, FÜHRST DU DAS REINSTE LOTTERLEBEN!
UND DAS JETZT, WO KASUMI ZU BESUCH IST! MIR WÄRE ES ECHT PEINLICH, WENN IHR EUCH SO WIEDERSEHT!
SPROTZ
W...WAS HAST DU GESAGT?
HÄ?
HE, WAS SPUCKST DU HIER RUM? WISCHT DAS AUF, ABER SCHNELL!

ERINNERST DU DICH NICHT AN KASUMI? IHR HABT DOCH ALS KLEINE KINDER ZUSAMMEN GESPIELT!
WAS...?
KASUMI IST GERADE AUF DEM WEG HIERHER...
OH?
WEG?
ICH HAB GESAGT, DU SOLLST DAS AUFWISCHEN!

... UND IST SO HÜBSCH GEWORDEN!
HI HI HI
GANZ ANDERS ALS DU.
WENN ICH NUR 20 JAHRE JÜNGER WÄRE...
RUMPEL

DAS GIBT'S DOCH NICHT, KASUMI IST ZURÜCK?!
WHUPP
VERDAMMT, WARUM SAGT MIR DAS DENN KEINER?

ICH WERDE GANZ NOSTALGISCH... DAS IST ZEHN JAHRE HER!
ENTSCHULDIGE, KASUMI, KENTARO KOMMT BESTIMMT GLEICH.
WAS RED ICH BLOSS MIT IHR?
SCHRUBB
SCHRUBB
SIE WAR ECHT SÜSS DAMALS...
PUH ...

ZACK
SIE IST BESTIMMT EINE RICHTIG SCHÖNE FRAU GEWORDEN.
HOFFENT-LICH HAT SIE RIESEN-HUPEN.

HEY ...
AH, KASUMI, DA IST JA KENTARO!

HA HA HA
HEY!
SORRY FÜRS WARTEN!
KASUMI? WIR HABEN UNS JA EWIG NICHT GESEHEN!

HUCH?
?
WO... IST KASUMI DENN?

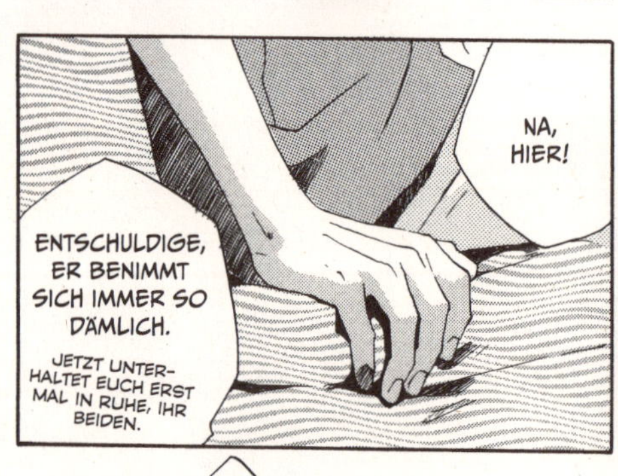
NA, HIER!
ENTSCHULDIGE, ER BENIMMT SICH IMMER SO DÄMLICH.
JETZT UNTER-HALTET EUCH ERST MAL IN RUHE, IHR BEIDEN.
KEN-TARO?

SCHÖN, DICH ZU SEHEN.
HEY, JA, SCHÖN DICH...
HÄ?
ICH BIN'S, KASUMI! DU KENNST MICH DOCH NOCH?

KASUMI. IST. EIN. KERL?!
...
MÄNNLICH.
EINDEUTIG MÄNNLICH.
ÄÄÄÄH, ICH HAB DICH NICHT GLEICH ERKANNT, DU HAST DICH GANZ SCHÖN VERÄNDERT!

SAG NICHTS, DU HAST MICH DAMALS FÜR EIN MÄDCHEN GEHALTEN, NICHT?
PLUMPS
ÄH... NA JA ...

ICH WURDE FRÜHER OFT MIT EINEM MÄDCHEN VERWECH-SELT.
SCHWITZ
WIE KOMMST DU NUR DARAUF?
ACH JA ...?

UND?
BIST DU JETZT ENTTÄUSCHT, WEIL ICH EIN JUNGE BIN?
HE HE HE
DU HAST WOHL KEINE FREUNDIN.
N...NEIN, WIESO?!

DU HAST DICH KEIN BISSCHEN VERÄNDERT.
HMPF
VON WEGEN SÜSS!
TROTZIG
DAS KANN MAN VON DIR LEIDER NICHT BEHAUPTEN. ICH HAB DICH VÖLLIG ANDERS IN ERINNERUNG!
WAS SOLL DER SCHEISS?
WAS IST DENN?
?!
DICKE LUFT HIER?

MANN! VER-DAMMT! SO EIN SCHEISS!
PLUMPS

ALLEIN SCHON DER SCHOCK, DASS KASUMI EIN KERL IST...
... ABER DASS ER AUCH NOCH SO EINE ÄTZTYPE GEWORDEN IST, REGT MICH RICHTIG AUF.
MIST, DAS KOTZT MICH ECHT AN.
ICH GEH BIER KAUFEN.

VIELEN DANK FÜR IHREN EINKAUF.
IN DIESEM PARK HABEN WIR FRÜHER OFT ZUSAMMEN GESPIELT.
lyMart
URGS...

ÄH, DANKE FÜR DEINEN BESUCH VORHIN.
ICH KANN IH JETZT WOH SCHLECHT IGNORIERE
KEINE URSACHE.
WAS MACHST DU HIER?
NICHTS BESONDERES.
DIE ERINNERUNGEN HABEN MICH HERGEFÜHRT.
DIE ERINNERUNGEN...?
UND DU? SAUFEN AM HELLLICHTEN TAG?
WAS SOLL'S, HAB JA SCHLIESSLICH KEINE FREUNDIN.
RASCHEL
AH, SORRY, DASS ICH DAS GESAGT HABE.
MANN ...
WO DU SCHON DA BIST, SOLLEN WIR MAL ZUSAMMEN LOSZIEHEN, MÄDELS AUFREISSEN?
ÄHM...
OH, WIESO IST IHM DAS SO PEINLICH?
ER WIRD JA GANZ ROT.
HM, JA...
DU KONNTEST MIR JA EIN PAAR MÄDELS VORSTELLEN.
JETZT NERV NICHT!
ÄH, JA...

ICH HAB GRAD EIN PAAR DRINKS GEKAUFT, SOLLEN WIR GLEICH LOS?
NEIN... ICH BIN ERST SEIT HEUTE WIEDER HIER, ICH HAB NOCH EINIGES ZU TUN. EIN ANDERES MAL, O.K.?
ICH BIN JA DIE GANZEN SOMMERFERIEN ÜBER DA.
KOMM JEDERZEIT VORBEI!
ICH HAB EH FREI!
MH.
VON DA AN GINGEN WIR HÄUFIG ZUSAMMEN AUS.
AH!
DU GEHST ZUM DORFFEST, KENTARO?

HIER, SCHAU MAL! DU AUCH, KASUMI!
WHUPP
ES HAT SOLCHEN SPASS GEMACHT, DA HAB ICH GLEICH ZWEI DAVON GENÄHT!

ICH WÜRDE DICH SO GERNE AUCH MAL IM YUKATA SEHEN, KASUMI!
YUKATA?
JA? JA?
UND?
...
WAS MEINST DU?
WIESO NICHT?
AH, ES FUNKTIONIERT TATSÄCHLICH!

DIE MÄDELS GUCKEN ALLE ZU UNS!
SO EIN YUKATA MACHT SCHON WAS HER!
HEY!
BIST DU MODEL?
ÄH, NEIN.
WIR KOMMEN VOLL GUT AN!
HMPF
WIR WOL-LEN EIN FOTO MIT DIR!
ALSO...
ÄH, SORRY, MÄDELS...
DAS IST MEIN BEGLEITER.
IHR MÜSST ERST MICH FRAGEN, WENN IHR EIN FOTO MIT IHM WOLLT!
GYAH

KEN...
KOMM.
HA HA HA
BIST DU SAUER, WEIL DIE NUR MICH ANGE-SPROCHEN HABEN?
EGAL, GEHEN WIR ERST MAL WAS ESSEN!
OKAY?
OB ES MICH ÄR-GERT?
ICH HAB KEINE LUST MEHR, RUM-ZULAUFEN.
KAUFEN WIR UNS WAS ZU TRINKEN UND GEHEN NACH HAUSE?
VON MIR AUS.
ABER WIESO?
WARUM DENN?
ICH GLAUBE, ICH WAR EIFER-SÜCHTIG AUF DIE MÄDELS ...
EINVER-STAN-DEN.
DAS WAR ECHT SU-PER!
ÄH, JA ...
AHAHA
ER REDET UND LACHT GANZ SCHÖN VIEL, WENN ER BETRUN-KEN IST...

AH!
ERINNERST DU DICH NOCH? UNSE GEHEIMVERSTECK?
STIMMT, WIR HAT TEN EINS
DU HAST ES MIR GEZEIGT ALS ICH GEWEINT HABE, WEIL MICH IM KINDERGARTEN EINER GEÄRGERT HAT.
KOMM, KASUMI!
ICH BRING DICH IN MEIN GEHEIMVERSTECK!
NUR DU DARFST MIT DORTHIN!
ER HAT SO IRRE LANGE WIMPERN.
ND SEINE HAARE ALLEN UN-LAUBLICH SCHÖN.
ER HAT EIN TOTAL HÜBSCHES GESICHT.
ES WAR EINE VERFALLENE ALTE HÜTTE.
ICH FRAGE MICH, OB ES DIE WOHL NOCH GIBT.
ICH WÜRDE ZU GERNE MAL NACHSEHEN!
WENN ER SO UNBEKÜMMERT LACHT, IST ES ECHT GENAU WIE DAMALS.
GENAUSO WIE ES IMMER MIT KASUMI WAR.
WAS IST?
WAS?!
STARR
ICH HAB NUR GRAD GEDACHT, DASS DU ES WIRKLICH BIST, KASUMI!
MIT DEN AUGEN SO!
ABLENKUNGSMANÖVER.
UND DU BENIMMST DICH AUCH NOCH GENAUSO BESCHEUERT WIE DAMALS!
MIT DEINEN BESCHEUERTEN GRIMASSEN!
ICH KILL DICH.
AHAHA, ECHT WITZIG!
WO WIR GERADE BEI BESCHEUERT SIND...
AH!
WAS DENN?!
SAG DAS NICHT DAUERND!

DER TAG, AN DEM ICH WEGGEZOGEN BIN...
DU ERINNERST DICH ECHT NOCH AN VIELES!
MEINE MUTTER HAT MIR ERZÄHLT...
... DASS ICH AN DEM TAG BIS ABENDS NICHT NACH HAUSE GEKOMMEN BIN UND EINEN RIESENAUFSTAND GEMACHT HABE.
ICH ERINNERE MICH NOCH GANZ GENAU.
ICH WERDE IMMER AUF DICH WARTEN!
ICH WERDE SO LANGE HIER AUF DICH WARTEN, BIS DU ZURÜCKKOMMST, KASUMI!
ICH WAR WAHNSINNIG GLÜCKLICH...
... ÜBER DIESE WORTE.
DAS WAREN DEINE WORTE.
DU HAST SIE RAUSGESCHRIEN MIT TOTAL VERHEULTEM GESICHT.
ACH JA?
ER SIEHT WIRKLICH HAPPY AUS.

ICH...
... BIN SO FROH ÜBER UNSER WIEDERSEHEN.
ER HAT TRÄNEN IN DEN AUGEN.
DAS KONNTE ICH SCHON DAMALS NICHT MITANSEHEN...
... DAMALS...
... ALS WIR NOCH KINDER WAREN.
D...
TÄTSCHEL
ANKE!
MH...
WUSCHEL
WUSCHEL
SCHEL

SORRY, ICH...
... BIN BE-TRUNKEN.
ICH AUCH.
GLITSCH
HAH ...
GLITSCH
AH!
HAH!

UH...
...!
AAH...
UAH...
HAH!

KEN ...!
KASUMI SAGTE IMMER WIEDER: »ICH LIEBE DICH«...
MH...
... UND ICH ERWIDERTE JEDES MAL: »ICH DICH AUCH.«
KASUMI...
NATÜRLICH WAREN MEINE GEFÜHLE IN DIESEM MOMENT ECHT.
AH...

DAS FÜHLT SICH SO SCHÖN AN...
MH...
... SO SCHÖN WARM.

...?

??!!!
ICH SCHLAFE...
... MIT KASUMI IM ARM?
FLASHBACK
GESTERN ABEND HABEN WIR GETRUNKEN...
... UND GETRUNKEN UND GETRUNKEN...
UND DANN...

VÖLLIG ABWESEND
AH... DU BIST WACH?

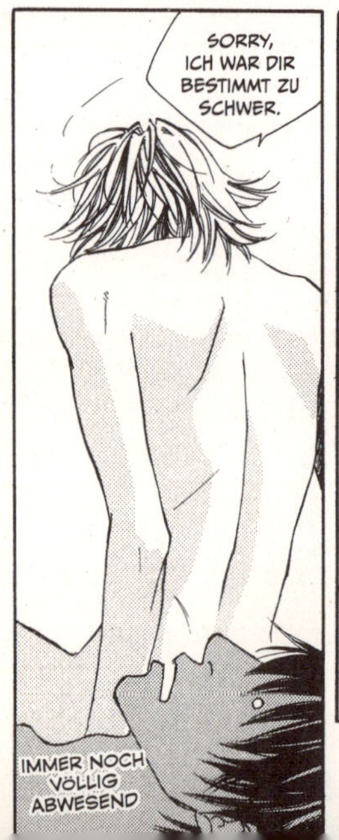
SORRY, ICH WAR DIR BESTIMMT ZU SCHWER.
IMMER NOCH VÖLLIG ABWESEND

Ä... ÄHM...
ES TUT MIR LEID.
ECHT.
SCHON GUT.
ICH FÜHLE MICH BESCHISSEN, ICH KANN DICH GAR NICHT ANSEHEN...
ICH BIN ECHT DAS LETZTE.

FÜR MICH...
... WAR ES SCHÖN.
WHAMM
DANACH VERSCHWAND KASUMI.
DANKE FÜR IHREN EINKAUF.
... WEIL ICH NICHT WUSSTE, WIE ICH IHM HÄTTE BEGEGNEN SOLLEN...
AUCH WENN ICH EIN BISSCHEN ERLEICHTERT DARÜBER WAR...

... ICH SUCHTE DENNOCH VERZWEIFELT NACH IHM.
ICH SEHNTE MICH NACH IHM.
DING DONG
AH, GUTEN TAG, IST KASUMI DA?
BIST DU EIN FREUND VON IHM?
ACH JA!
KENTARO, STIMMT'S?
ÄH, JA, GENAU!
DU HAST DICH IMMER SO NETT UM IHN GEKÜMMERT.
ER IST GERADE NICHT ZU HAUSE...

VERSTEHE...
ENTSCHULDIGEN SIE DIE STÖRUNG.
ACH JA, KENTARO, WEGEN KASUMI...
ER IST IN LETZTER ZEIT SO KOMISCH.
EIGENTLICH WOLLTE ER DIE SOMMERFERIEN HIER VERBRINGEN...
... ABER PLÖTZLICH SPRICHT ER DAVON...
... BEREITS FRÜHER ZU SEINER MUTTER ZURÜCKZUGEHEN.
SCHON ALS KLEINES KIND KONNTE ER SEINE GEFÜHLE NICHT GUT ZEIGEN.
ALS ER HIER ANKAM, WAR ER FRÖHLICH UND GUT GELAUNT.
ER HAT VIEL VON DIR GESPROCHEN UND SAH GLÜCKLICH DABEI AUS.
ICH DACHTE, MIT DIR WÜRDE ER VIELLEICHT EHER SPRECHEN.

ENTSCHULDIGE, WENN ICH DICH UM HILFE BITTE.
ABER ICH KÖNNTE MIR VORSTELLEN, DASS ER AUF DICH HÖRT.
BITTE... KÜMMERE DICH UM KASUMI.
KASUMI...
KASUMI...
SO WAR ES SCHON IMMER MIT DIR.
HIER MUSS ES GEWESEN SEIN.
RASCHEL

DAS IST MEINE SCHULD.
ES IST VIELLEICHT SELTSAM, WENN ICH ALS VATER DICH DARUM BITTE...
... ABER KANNST DU HERAUSFINDEN, WAS IHN BEDRÜCKT?

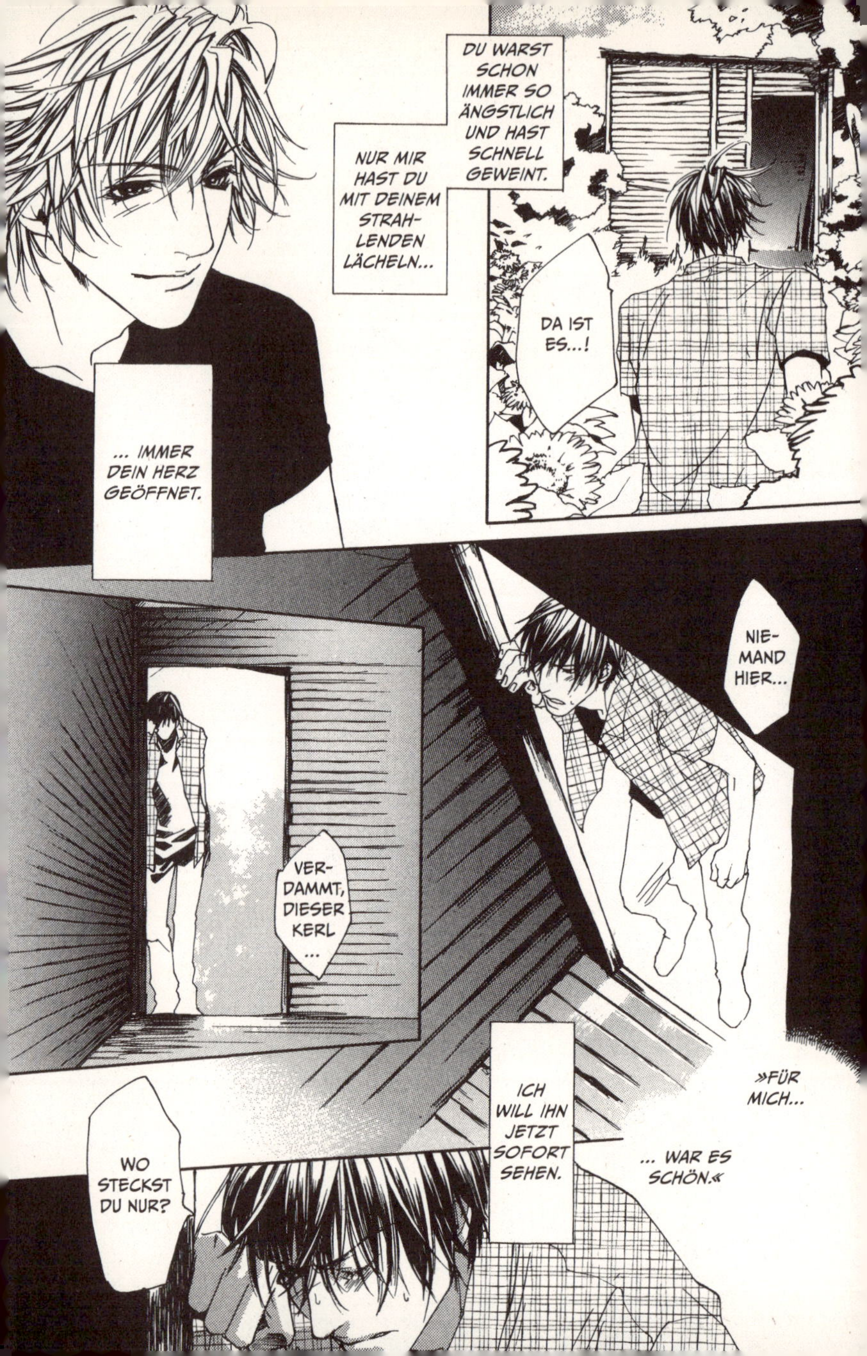
DU WARST SCHON IMMER SO ÄNGSTLICH UND HAST SCHNELL GEWEINT.
NUR MIR HAST DU MIT DEINEM STRAH-LENDEN LÄCHELN...
DA IST ES...!
... IMMER DEIN HERZ GEÖFFNET.
NIE-MAND HIER...
VER-DAMMT, DIESER KERL ...
»FÜR MICH...
... WAR ES SCHÖN.«
ICH WILL IHN JETZT SOFORT SEHEN.
WO STECKST DU NUR?

KASUMI ...
DIE ALTE HÜTTE GIBT ES ALSO NOCH.
ICH HÄTTE GEWETTET, SIE SEI LÄNGST VERSCHWUNDEN.
DU WILLST ALSO ZU DEINER MUTTER ZURÜCK?
JA. DU WEISST ES ALSO SCHON.

SO IST ES EINFACHER FÜR UNS.
DANN HABEN DIESE SELTSAMEN GEFÜHLE EIN ENDE.
...!
FÜR MICH WIRD ES NICHT EINFACHER!
FÜR MICH WAR ES SCHLIMM, DICH ALL DIE TAGE NICHT ZU SEHEN!
WILLST DU JETZT WIEDER EINFACH ABHAUEN?
DIESES MAL WERDE ICH DIR BEWEISEN, WIE ERNST ES MIR IST.
KASUMI...

ICH LIEBE DICH.
BITTE...
KASUMI...
... VERLASS MICH NIE WIEDER!

ES...
... REICHT.
VERGISS ES!
KA-SUMI!
ICH WEISS DOCH...
ICH LIEBE DICH...
... KASUMI.
MH...

SO SEHR, DASS ICH DICH AM LIEBSTEN JETZT SOFORT VON HINTEN NEHMEN MÖCHTE...
WILLST DU NICHT?
NEIN.
DU BIST ECHT BE-SCHEUERT.

DER SOMMER IST ZURÜCK – ENDE

PINPOINT LOVERS

KASUMI?
MH?
WANN SEHEN WIR UNS DENN WIEDER?
WANN?
IN DEN FRÜHLINGSFERIEN, DENKE ICH.
EINS, ZWEI...
WAS? DAS SIND JA NOCH DREI MONATE!
SO LANGE KANN ICH NICHT WARTEN!

SCHWITZ
SCHWITZ
NUR ANFASSEN REICHT DIR DOCH WIEDER NICHT.
DU VERFÜHRER.
NOCH SIND WIR JUNG...

WIE OFT WILLST DU ES HEUTE DENN NOCH MACHEN?
NA UND?
DU TIER!

...
GRABSCH
GRABSCH
GRABSCH
DANN MUSS ICH DICH ANFASSEN, SOLANGE ES NOCH GEHT.

DAS MACHT MICH TOTAL AN, WENN DU SO REDEST.
PERVERSER!

STÖRT MICH KEIN BISSCHEN.
WAR MIR KLAR...

KASUMI...
WARUM MUSST DU IN TOKYO WOHNEN?
UND WARUM MUSST DU IN TOCHIGI WOHNEN?!
ICH MACH MIR ABER ECHT SOR-GEN.
DASS DU MICH DORT DAUERND BETRÜGST.
DARÜBER MACHST DU DIR SORGEN?
DAS FREUT MICH JA, ABER DA BRAUCHST DU DIR ECHT KEINEN KOPF ZU MACHEN.
DAS SAGST DU SO EINFACH.
GLAUB'S MIR...
DUM-MER-CHEN.

HEY...
... WENN WIR MIT DER SCHULE FERTIG SIND, WILL ICH MIT DIR ZUSAMMEN LEBEN...
... OB NUN IN TOKYO ODER IN TOCHI-GI...
... MIR IST ALLES RECHT, HAUPTSACHE, WIR SIND ZUSAMMEN.

DU SIEHST GERADE SO VERDAMMT GUT AUS.
ICH SEHE IMMER GUT AUS, IDIOT!
HEY...
... SAGST DU ES NOCH MAL?

ICH WILL FÜR IMMER SO MIT DIR ZUSAMMEN SEIN.
ICH WILL NIE WIEDER OHNE DICH LEBEN!
MH...
WIR BLEIBEN IMMER ZU-SAMMEN.

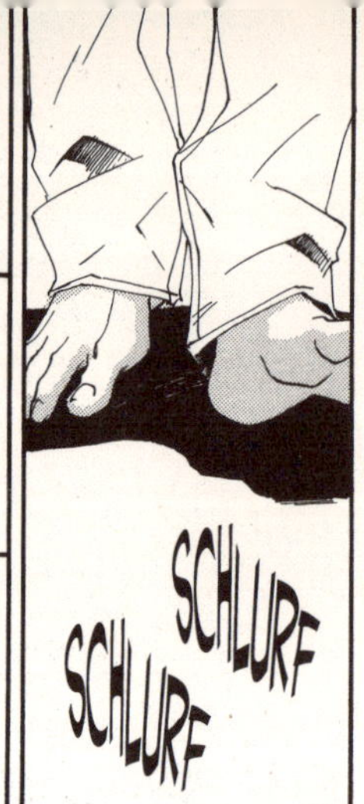
SCHLURF
SCHLURF

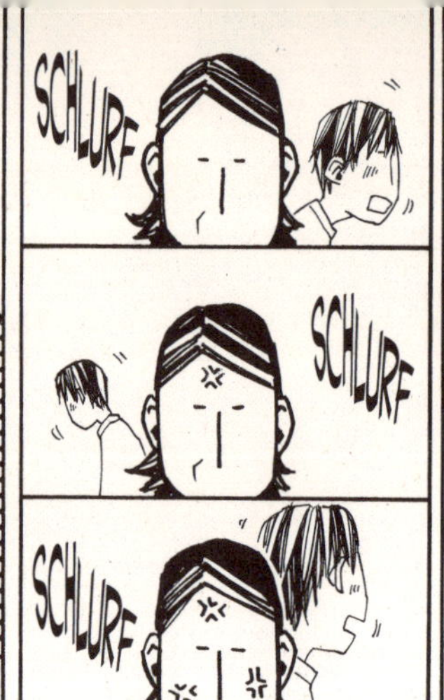
SCHLURF
SCHLURF
SCHLURF

WAS ZUM TEUFEL IST LOS MIT DIR?!
SEUFZ

KOMM DOCH MAL RUNTER!!
DAS SAGT DIE RICHTIGE...

KRATZ
KRATZ
ES SIND BALD FERIEN!
WIE WÄR'S, DENN DU DIR EINEN FERIENJOB SUCHST?
WAS HAST DU GESAGT?

HÖRST DU MIR NICHT ZU, VERDAMMT?!
RRRING
!

JA?
HALL...
AH, KEN?

KASU ...
KEN-TA-RO!
RUMMS
TRAP
BLEIB GEFÄLLIGST HIER, DU FAULER SOHN!
RUMPEL
ACH, LASS MICH IN RUHE!
...

KENTAROOO!
GANZ SCHÖN WAS LOS BEI DIR...
HAH
HAH
HAH
G...
GEHT SCHON ...
SCHON OKAY.

WIE IMMER EBEN.
ACH, SIE WILL UNBEDINGT, DASS ICH IN DEN FERIEN JOBBE.
UND, WAS IST BEI DIR SO LOS?
ACH JA, DIE FRÜHLINGSFERIEN ...
ALSO, ES IST SO...
... ICH MUSS IN DEN FERIEN AUCH JOBBEN.
DU AUCH?! HEISST DAS, WIR SEHEN UNS GAR NICHT?!
DOCH.
ICH ARBEITE NUR AM WOCHENENDE, DIE ANDEREN TAGE HABE ICH FREI.
ABER WARUM ARBEITEST DU ÜBERHAUPT?

EINER DER WICHTIGEN KUNDEN MEINES VATERS HAT EINEN SOHN IN DER OBER-SCHULE...
... ICH SOLL IHM NACHHILFE GEBEN. DAS KANN ICH NICHT ABLEHNEN.
TUT MIR LEID, ECHT...
...!
DAS IST DOCH UNSE-RE EINZIGE ZEIT ZUSAM-MEN...
OKAY.
ICH WERDE AUCH JOBBEN, ALSO KANN ICH DIESES MAL NICHT ZU DIR KOMMEN.
DAS HEISST DOCH NICHT, DASS WIR UNS GAR NICHT SE-HEN KÖNNEN!
WENN DU NICHT HERKOMMEN KANNST, KOM-ME ICH EBEN ZU DIR!

ICH BIN SO DUMM. ICH HAB MICH DOCH SO DARAUF GE-FREUT, IHN ZU SEHEN.
VERGISS ES.
DU WIRST SOWIESO VIEL ZU VIEL ZU TUN HABEN, DU BRAUCHST DICH NICHT ZU STRESSEN.
ICH STRESSE MICH NICHT!
ICH WER-DE AUCH IM STRESS SEIN, ALSO KANNST DU GANZ BERUHIGT ARBEITEN!
TSCHÜSS!
WARTE MAL!

... BIN DOCH ECHT EIN VOLLIDIOT.
DONK
...
ICH...
...
JETZT IST ER BESTIMMT SAUER...

DABEI BIN ICH DOCH FROH UM JEDE SEKUNDE, DIE WIR ZUSAMMEN HABEN.

ABER IST DEINE FREUNDIN NICHT SAUER, WENN DU IN DEN FERIEN ARBEITEST?

WAS?

ICH MUSS MICH BEI IHM ENT-SCHULDIGEN.
CHEF, DAS WAR IN DER MIKRO-WELLE.
WOHL NOCH VON GES-TERN.
GEH LIEBER NACH HAUSE.
RORIRU SUPERMARKT
OKAY, DAMIT MACHEN WIR DANN NÄCHS-TEN SAMSTAG WEITER.
WARTE, DAS HIER!
KANNST DU MIR DAS NOCH MAL LANGSAM ERKLÄREN?

...
ZIEH DOCH NICHT SO EIN GE-SICHT ...
... KASUMI-SENSEI!
DAS HABEN WIR DOCH LETZTE WO-CHE SCHON GEMACHT!
ICH KANN MIR DIE SACHEN EBEN SCHLECHT MERKEN!
DU WILLST SIE DIR BLOSS NICHT MERKEN!

SEI NICHT SO LANGWEILIG, LASS UNS DOCH NOCH EIN BISSCHEN QUATSCHEN!
MASAKI...

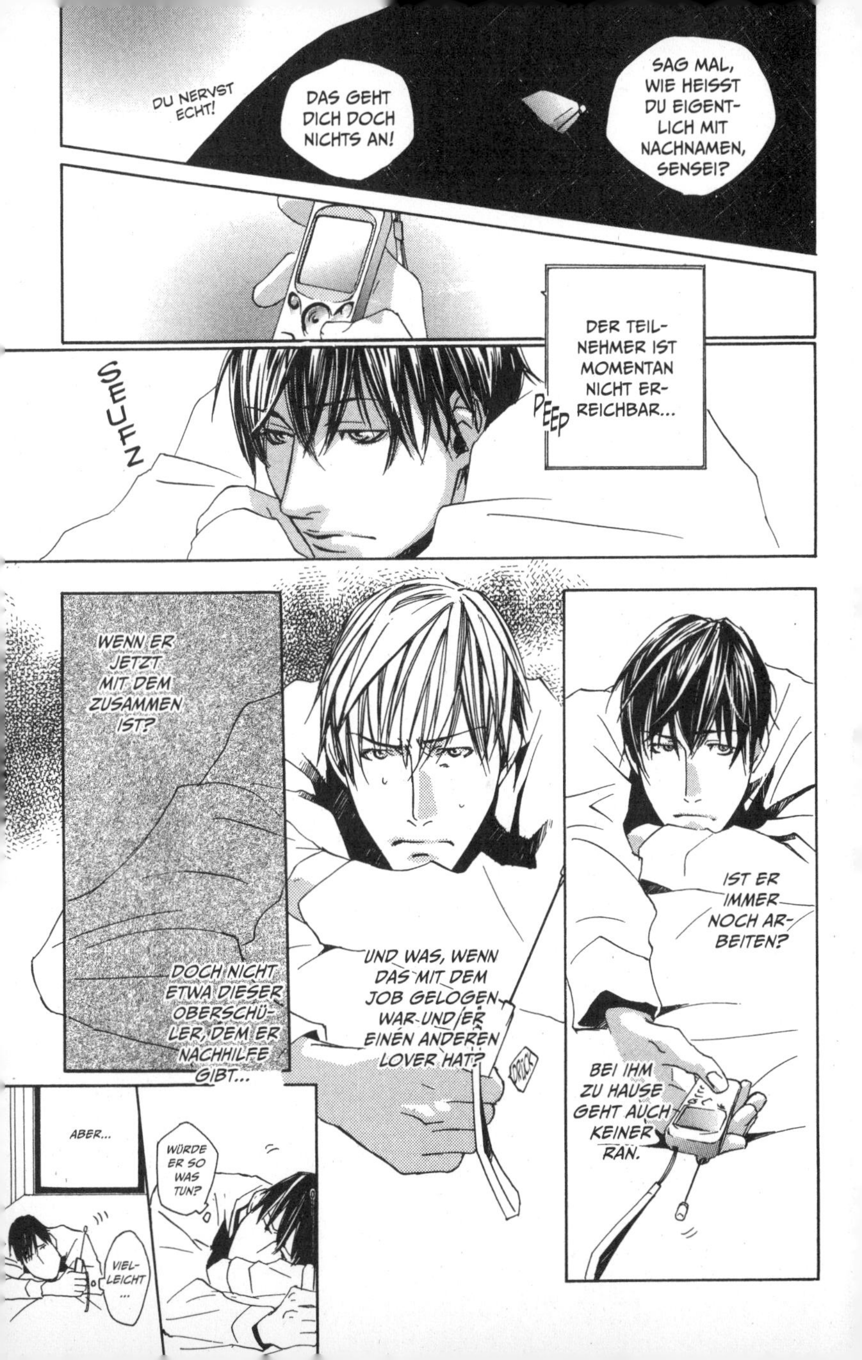
SAG MAL, WIE HEISST DU EIGENTLICH MIT NACHNAMEN, SENSEI?
DAS GEHT DICH DOCH NICHTS AN!
DU NERVST ECHT!
DER TEILNEHMER IST MOMENTAN NICHT ERREICHBAR...
PEEP
SEUFZ
IST ER IMMER NOCH ARBEITEN?
BEI IHM ZU HAUSE GEHT AUCH KEINER RAN.
UND WAS, WENN DAS MIT DEM JOB GELOGEN WAR UND ER EINEN ANDEREN LOVER HAT?
DRÜCK
WENN ER JETZT MIT DEM ZUSAMMEN IST?
DOCH NICHT ETWA DIESER OBERSCHÜLER, DEM ER NACHHILFE GIBT...
ABER...
WÜRDE ER SO WAS TUN?
VIELLEICHT...

WHUPP
ZACK
ARRRGH!!
ICH DREH NOCH DURCH!!
ICH FAHR DA JETZT HIN!

DER WIRD AUGEN MACHEN...

NANU?

SEIN ZIMMER IST DUNKEL...
ER IST NICHT DA?

JETZT BIN EXTRA DEN WEITEN WEG HIERHERGE-KOMMEN!
AAAH...

WENN ICH SCHON MAL HIER BIN, DANN WARTE ICH EBEN VOR SEINER TÜR.
TAP
TAP
BILD ICH MIR DAS EIN ODER RIECHT ES HIER NACH KASUMI?

IS WAS?
WER BIST DU DENN?
WER WILL DAS WISSEN?
ICH HAB HIER WAS ZU ERLEDIGEN!
ACH?
AHA.
ER IST NICHT DA.

SOLL ICH IHM WAS AUSRICH-TEN?
DRÜCK

WAS...

... SOLL DAS?

WER IST DAS?
KASUMI...
WAS WILL DER HIER?
IST DAS DEIN...
BEB
...!

ACH SO?
DIESER KENTARO! ER HAT SEINEN JOB HINGESCHMISSEN UND IST EINFACH ABGEHAUEN, NUR DAS HAT ER DAGELASSEN!
ZACK
TUT MIR LEID, DASS DU UMSONST GEKOMMEN BIST.
ECHT SCHADE!
KOMM EINFACH MAL WIEDER, JA?
SCHÜSS.
JA, OKAY.

ICH BIN VERREIST.
ER HAT DEN JOB GESCHMIS-SEN?
WO IST ER BLOSS HIN?
SEUFZ ...
STARR
MIR IST KALT...
KURO!
AH...
WUFF
...
ZUCK

KASUMI ...
KEN!
WO STECKST DU DENN?!
KASUMI ...
UND WO STECKST DU?
ICH HAB ZUERST GEFRAGT!
WO BIST DU?

SAG JETZT BLOSS NICHT, DU BIST ZU HAUSE...
SAG SCHON, WO BIST DU?
UND WAS MACHST DU?

ICH STEHE GERADE VOR DEINEM HAUS!

ICH BIN HERGEKOMMEN...
... UM DICH ZU SEHEN.

KEN...
WILLST DU MIR NICHT SAGEN, WO DU BIST?

KASUMI...
KASUMI?
WAS IST DENN LOS?
WAS IST MIT DIESEM TYPEN VON VORHIN...
WAS IST?
WAS BIN ICH FÜR DICH?
KEN?
DEINE STIMME VERRÄT NICHTS...
IST IRGENDWAS PASSIERT?
KEN?

TUUT
TUUT
HAH
!
PUH
AH!
DA BIST DU JA, SENSEI!

WAS WILLST DU DENN HIER...?
POFF
POFF
ÜBER-RASCHT?
ICH HATTE STREIT MIT PAPA UND WILL NICHT NACH HAUSE.
ICH WUSSTE NICHT, WOHIN.
UAH!
PA
TSCH
SIEHST DU? ICH HAB GANZ KALTE HÄNDE VOM WARTEN!
DU KOMMST SPÄT!

WÄRM DICH AUF, UND DANN GEHST DU WIEDER!
VOLL NETT!

MEIN ALTER DENKT, ICH KRIEG ES NICHT HIN, TROTZ NACH-HILFE.
KEIN WUN-DER.
DER NERVT SO!
SCHÖNES ZIMMER HAST DU, SENSEI!
DEINES IST BESTIMMT SCHÖNER.

TRINK DAS, UND DANN GEHST DU NACH HAUSE!
SEI DOCH NICHT SO STRENG ZU MIR, DAS TUT MIR WEH!

...
SEIT WANN WARTEST DU SCHON HIER?

HM, SEIT 17 UHR UNGEFÄHR?

WAR JEMAND HIER, ALS ICH NICHT DA WAR?

NÖ.
NIEMAND.

AH!
DANKE DAFÜR!
WOLLTE DEINE FREUNDIN VORBEIKOMMEN?
WENN DU FERTIG BIST, GEH!

HEY...
... WAR DAS ETWA DEIN LOVER?

SO EIN GROS-SER TYP...
... MIT SCHWARZEN HAAREN?
...
GEH NACH HAUSE.
MEIN ALTER...
... IST DOCH EIN KUNDE IN DER FIRMA VON DEINEM ALTEN...

DU WILLST DOCH SICHER NICHT...
... DASS DEIN ALTER ÄRGER BEKOMMT, ODER?

DU BIST SO HÜBSCH, DIE TYPEN STEHEN SICHER ALLE AUF DICH, HM?
KOMM SCHON, EINMAL SOLL-TE DOCH DRIN SEIN!
SPINNST ...
... DU?!
U...
...AH!
WENN DU'S SO NÖTIG HAST, DANN TREIB'S DOCH MIT 'NEM HUND!
SCHON VERSTANDEN! LASS MICH LOS, DAS TUT WEH!

VON WEGEN!
KLAPPER
!
AH.
KEN ...
DACHTE ICH MIR DOCH, DASS DU HIER BIST!

ER IST BEI DIR, HAB ICH RECHT?
SOLL ICH GEHEN?
DAS IST DAS GÖR VON MEINEM JOB!
DER FLIEGT JETZT RAUS, WARTE KURZ!
SCHON GUT, ICH GEH SCHON.
ICH GLAUBE, DU HAST DA WAS MISSVERSTANDEN!
HAB ICH NICHT!
ICH HAU AB, ALSO VERGISS ES!
WARTE!
HEY!

VERDAMMT...

KLAPPER
WAH!

ZACK
WHU
WAS MACHST DU NOCH HIER?!
VERZIEH DICH ENDLICH!
ABER ICH...
HALT DIE KLAPPE!

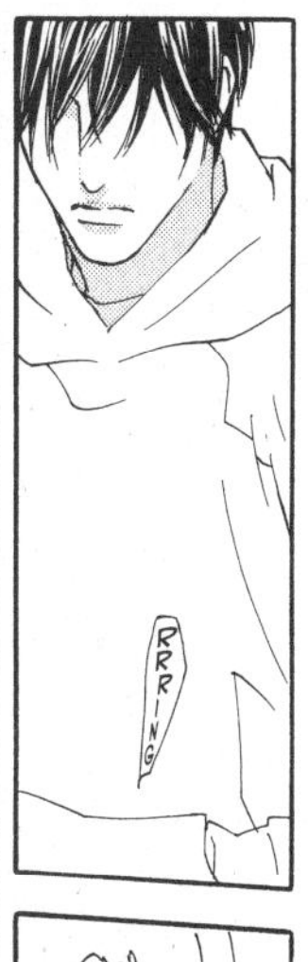
RRRING

KASUMI...

KEN?
...
HÖR MIR ZU!
LASS MICH LOS, DU TUST MIR WEH!
WAS MACHST DU?

ICH SAG'S DIR NOCH MAL!
ICH HAB NICHTS MIT DIESEM DUMMEN GÖR, DA LÄUFT REIN GAR NICHTS!

DU BIST DER EINZIGE, DER MIR WICHTIG IST!
WARUM KAPIERST DU DAS N ICHT?
WIESO GLAUBST DU MIR NICHT?
ICH KANN DIR NICHT GLAUBEN!
NICHT, BIS DU ES MIR AUGE IN AUGE GESAGT HAST!
DANN KOMM HER UND ICH SAG ES DIR, SOOFT DU WILLST!

NEIN.
DU KOMMST HER.
DANN HÖR ICH ES MIR SO OFT AN, WIE DU WILLST.
DUMMER-CHEN.

DU BIST DEINEN JOB JA EH LOS, ODER?
ICH AUCH.
ZACK
UAH!
KEN!
JETZT LASS DEN ARMEN KLEINEN SCHON LOS.
WIR FANGEN DIE FRÜHLINGSFERIEN NOCH MAL GANZ NEU AN...
ICH HAB DEN JOB...
... GERADE HINGESCHMISSEN.

SI-CHER?
GANZ SICHER.
AH.
KINDER GEHÖREN LÄNGST INS BETT.
DAS SAGST AUSGERECH-NET DU?
...
ERSTARRT
WHAMM
HEY, KASUMI ...
MH?
WAS DU VORHIN GESAGT HAST...

... DASS DU ES SO OFT SAGST, WIE ICH WILL...
HAB ICH DAS?
...
...
EGAL.
DAS HAT ZEIT.
WIR SOLLTEN DIE ZEIT SCHLIESSLICH NICHT VERSCHWENDEN.
REDEN KÖNNEN WIR SPÄTER IMMER NOCH.

TUN WIR LIEBER DAS, WAS MAN AM TELEFON NICHT MACHEN KANN.
IDIOT...
PINPOINT LOVERS - ENDE

DIE GOLDFISCH-PRINZESSIN

KEI...
WAS?! NUR EIN GOLD-FISCH?!
HAUSTIER-LOTTERIE
CRUSHED ICE
HOT DOGS
DIE GOLDFISCH-PRINZESSIN

KEI-SU-KE?

ICH WILL ABER DEN HASEN DA HABEN!
TAUSCH IHN MIR UM, AL-TER!

SORRY, ABER DEN HASEN KRIEGT MAN ERST AUF PLATZ 3, DU BIST NUR AUF PLATZ 6 GEKOMMEN.
VIEL SPASS MIT DEINEM GOLD-FISCH!
MIST ...
KOMM!

WAS HABEN DIE KINDER DENN?
ABER WAS SOLL ICH MIT EINEM GOLDFISCH?!
UND DAFÜR HAB ICH 300 YEN GEOPFERT!
ICH HAB DOCH GESAGT, DU SOLLST ES LASSEN!
ICH SCHMEISS IHN IRGENDWO WEG!
...
DIE GOLDFISCH-PRINZESSIN

HE, KEI-SUKE?
WAS IST?!
WUSCH

BLEIB HIER, DU IDIOT!
STAMPF STAMPF

HEY! KLEINER!
HUCH

HIER.
500 YEN SOLLTEN REICHEN, ODER?
BEVOR DU IHN WEG-SCHMEISST, KAUF ICH IHN DIR AB.

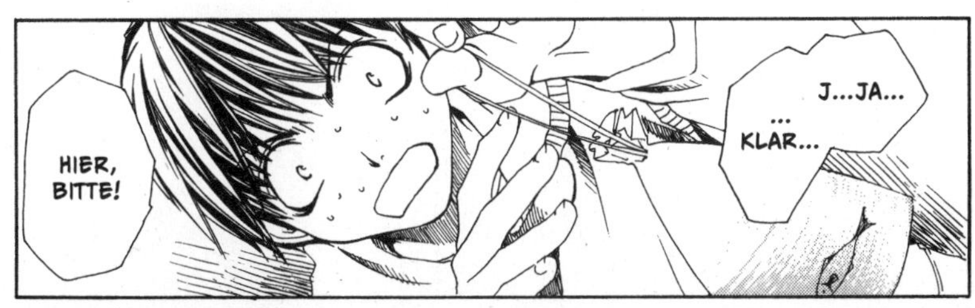
J...JA... ... KLAR...
HIER, BITTE!

WAAAH!!
DER GOLDFISCHMANN!
BLOSS WEG HIER!
TRAPPEL
DANKE! HEY, DEINE 500 YEN!

DER MANN DA HAT DEN KINDERN DEN GOLDFISCH WEGGENOMMEN!
GRUSELIGER TYP!
...
SIE HABEN IHN DEN GOLDFISCHMANN GENANNT!

ICH WOLLTE GAR NICHT UNBEDINGT EINEN GOLDFISCH HABEN...
VERDAMMTE GÖREN...
... ABER IRGENDWIE ...

SAG MAL, SPINNST DU, KEISUKE?!
LASS MICH IN RUHE! GEHEN WIR!
... HABE ICH INSTINKTIV GEHANDELT, OHNE VORHER NACHZUDENKEN.
PLATSCH
SO SOLLTE ES GEHEN.
DONK

SORRY, ICH HAB LEIDER NUR SO EIN GLAS.
MIST, GANZ VERGESSEN...
WAS FRISST DU EIGENTLICH?

PLUMPS
PUHA...
ICH HAB NICHTS DA.
DANN MUSS ICH WOHL IM ZOOLADEN WAS KAUFEN GEHEN.
MANN ...
DABEI WOLLTE ICH JETZT EIGENTLICH GAR NICHT MEHR LOS...

DU...

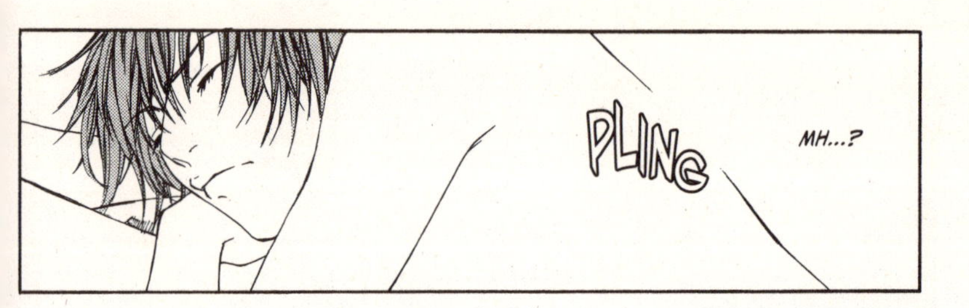

ÄHM...
!!!

W...W... WER BIST DU DENN?!
AH, GANZ RUHIG, ES IST NUR EIN TRAUM!
POCK
POCK
DAS KANN NUR EIN TRAUM SEIN!
WENN NICHT, HAB ICH EIN PROBLEM!

ÄH... ICH...
... BIN DER GOLDFISCH, DEN DU GERETTET HAST.

ICH WOLLTE MICH SO GERN DAFÜR BEDANKEN...
DER GOLDFISCH?!
WIE SOLL DAS DER GOLDFISCH SEIN?!
VERRÜCKTER TRAUM!

ICH HABE NICHTS ANDERES, WAS ICH FÜR DICH TUN KÖNNTE...

ALSO BITTE, MACH MIT MIR...
... HEUTE NACHT EINFACH, WAS IMMER DU WILLST!

...

...

ODER BIN ICH DIR... NICHT GUT GENUG?
HUUUAH, WIE HÜBSCH!!
ZACK
QUATSCH!
DU BIST PERFEKT.

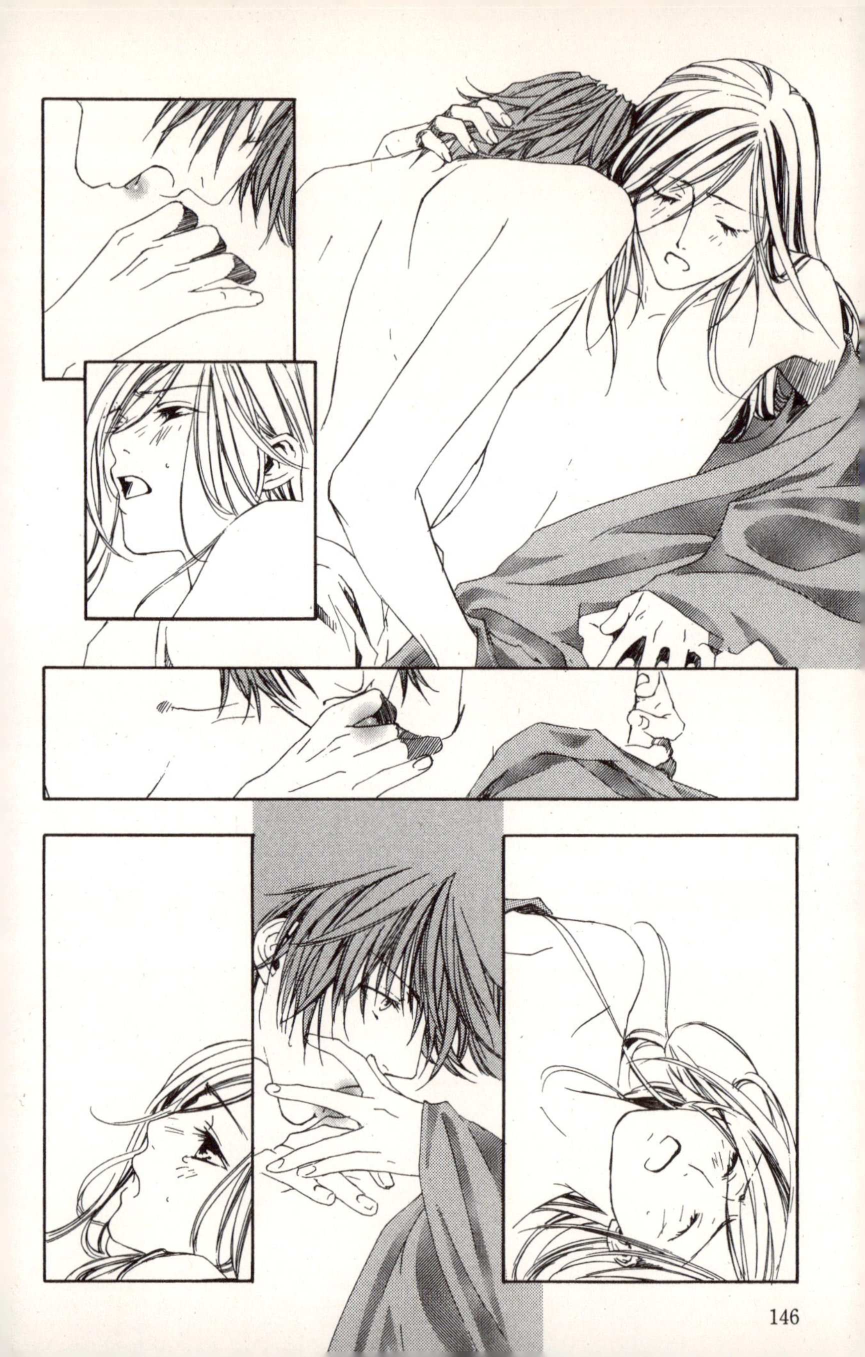

WAS FÜR EIN UNGLAUB-LICH REALER TRAUM.

DAS RASEN-DE KLOPFEN SEINES HERZENS...
... UND WIE ANGENEHM SEINE HAUT SICH ANFÜHLT...

ICH KANN SO-
GAR DIE HITZE
IN IHM DRIN
SPÜREN...
AAH...

DU...
... BIST WUNDER-SCHÖN...

WAS?
DU BIST WUN-DER-SCHÖN.

WUNDER-WUNDER-SCHÖN.
UND SO SÜSS.
HEY...
WAS HAST DU?
HAB ICH WAS FALSCHES GESAGT?

ICH WURDE AUF DEM JAHRMARKT ALS GEWINN VERLOST...
... UND BEINAHE WEGGE-WORFEN ...
NEIN.
ICH BIN NUR SO GLÜCK-LICH.

MIR HAT NOCH NIE IN MEINEM GANZEN LEBEN JEMAND GESAGT, DASS ICH SCHÖN BIN.
WIESO DAS DENN?
DU BIST KO-MISCH ...

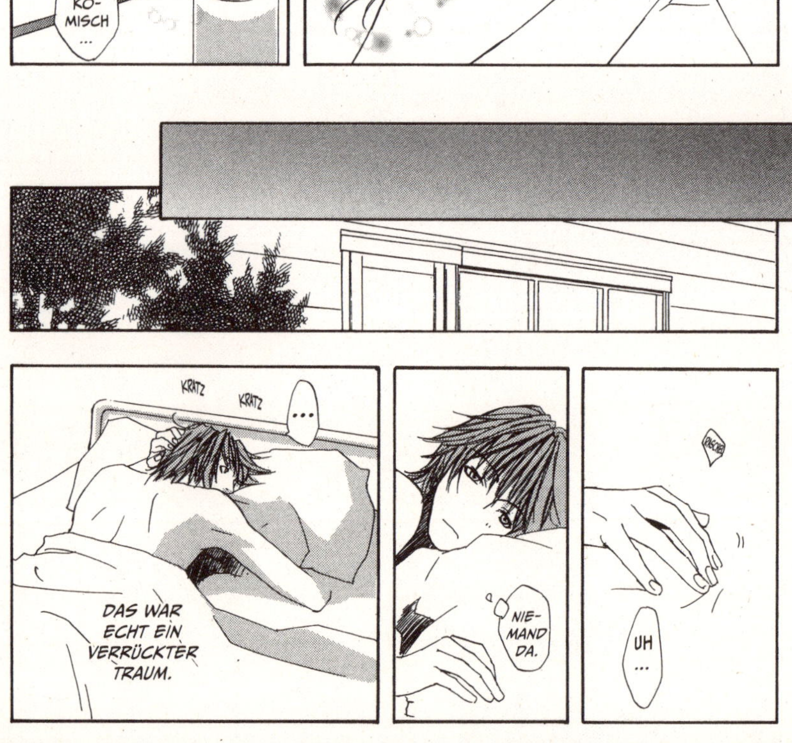
UH ...
NIE-MAND DA.
KRATZ
KRATZ
...
DAS WAR ECHT EIN VERRÜCKTER TRAUM.

MIR TUT ALLES WEH.
ICH BIN NACKT.
STARR
SELTSAM, WIE REAL DER TRAUM WAR.

ICH BIN DER GOLD-FISCH, DEN DU GERET-TET HAST.

STARR

DER GOLD-FISCH...
FLUPP
FLUPP

KNUTSCH

...

DU BIST ECHT SÜSS!
KICHER

OKAY, DANN GEH ICH MAL FISCHFUTTER KAUFEN!
KOMMST DU MIT?
DIE GOLDFISCH-PRINZESSIN – ENDE

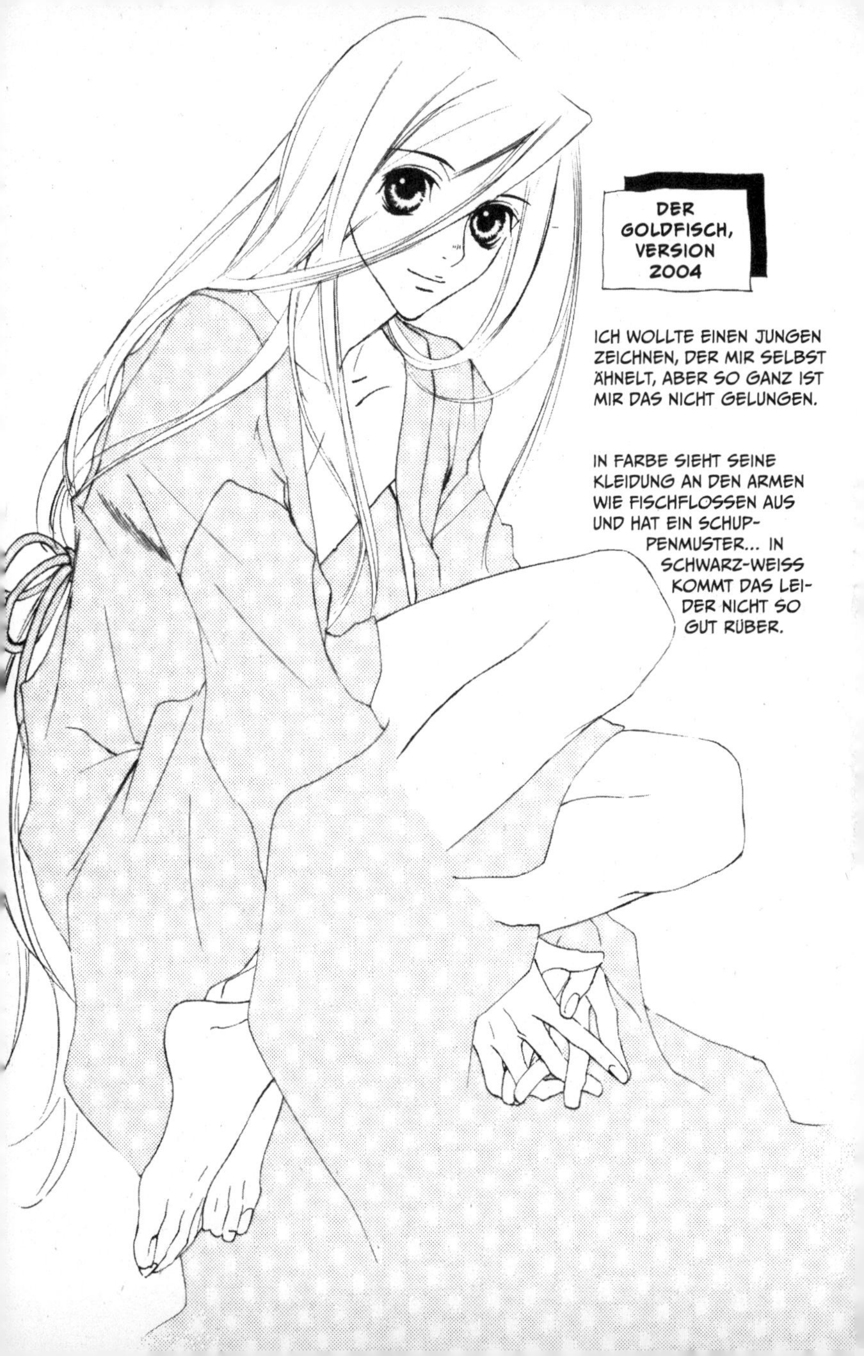
DER GOLDFISCH, VERSION 2004
ICH WOLLTE EINEN JUNGEN ZEICHNEN, DER MIR SELBST ÄHNELT, ABER SO GANZ IST MIR DAS NICHT GELUNGEN.
IN FARBE SIEHT SEINE KLEIDUNG AN DEN ARMEN WIE FISCHFLOSSEN AUS UND HAT EIN SCHUP-PENMUSTER... IN SCHWARZ-WEISS KOMMT DAS LEI-DER NICHT SO GUT RÜBER.

INTERVIEW

GRÜNDLICHE ANALYSE MIT KAZUSA TAKASHIMA!

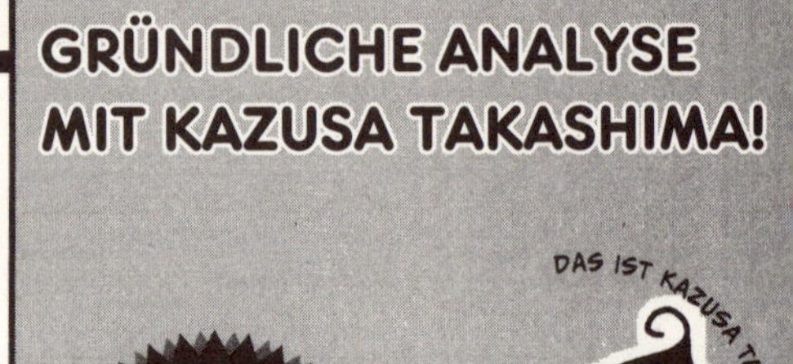

DAS IST KAZUSA TAKASHIMA!!
SPLITTER-NACKT!!

FRAGEN AN KAZUSA TAKASHIMA. WANN HABEN SIE ANGEFANGEN ZU ZEICHNEN?

ICH HABE SCHON ALS KIND GERNE GEMALT, ABER BEWUSST MANGAESQUE CHARAKTERE DANN ZUM ERSTEN MAL IN DER 6. KLASSE DER GRUNDSCHULE. MEINEN ERSTEN MANGA HABE ICH SPÄTER IM ERSTEN JAHR DER MITTELSCHULE GEZEICHNET. ICH MOCHTE SCHON IMMER DIE FANTASY-GESCHICHTEN AM LIEBSTEN, DESHALB GING ES INHALTLICH AUCH UM SO ETWAS. DABEI HABE ICH NICHT MIT SZENEN GESPART, DIE MÖGLICHST REISSERISCH WAREN UND SICH IMMER UM MEINE LIEBLINGSTHEMEN DREHTEN (LACHT). ZUM BEISPIEL: EIN MÄDCHEN SCHLEICHT SICH ALS JUNGE VERKLEIDET IN EINE JUNGENSCHULE EIN, BESIEGT DORT EIN GESPENST, PLÖTZLICH ERSCHEINT EIN DÄMON, UND SO WEITER. MEIN PSEUDONYM KAZUSA TAKASHIMA IST AUCH DAMALS ENTSTANDEN – URSPRÜNGLICH WAR ES EIN CHARAKTER-NAME. IN DER OBERSCHULE HABE ICH IRGENDWIE PLÖTZLICH DAS INTERESSE AM MANGAZEICHNEN VERLOREN, ABER DAS VIDEOGAME FINAL FANTASY 7 HAT MICH DAZU INSPIRIERT, WIEDER ZU ZEICHNEN.

HOT DOG

»HOT DOG — FALL IN LOVE« (GOLD, AUSGABE 12/2000), »HOT DOG — BURNING ☆ LOVE« (GOLD, AUSGABE 8/2001)

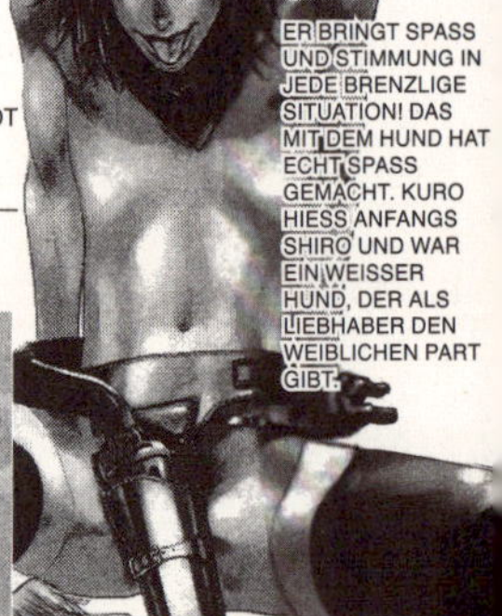

ER BRINGT SPASS UND STIMMUNG IN JEDE BRENZLIGE SITUATION! DAS MIT DEM HUND HAT ECHT SPASS GEMACHT. KURO HIESS ANFANGS SHIRO UND WAR EIN WEISSER HUND, DER ALS LIEBHABER DEN WEIBLICHEN PART GIBT.

BROTHERS

(GOLD, AUSGABE 6/2000)

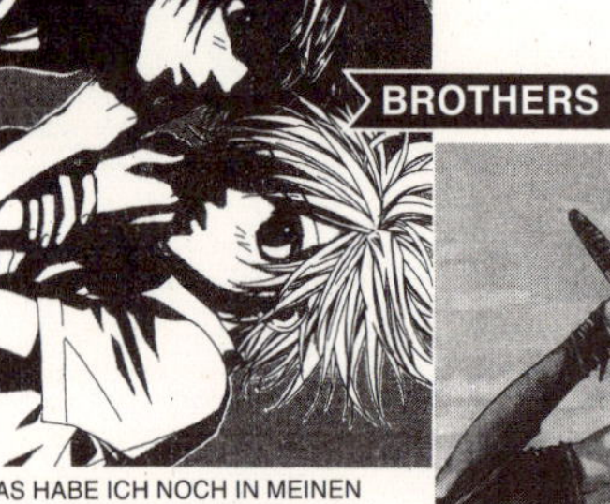

DAS HABE ICH NOCH IN MEINEN AMATEURZEITEN GEZEICHNET, DESHALB KEIN KOMMENTAR DAZU.

WILD ROCK

»WILD ROCK«*, »INNOCENT LIES«** (BBC, »WILD ROCK«-SAMMELBAND)

AM ANFANG HABE ICH MIR ECHT DEN KOPF ZERBROCHEN, OB EMBAS LENDENSCHURZ EIN LEOPARDENMUSTER ODER EIN SCHLANGENMUSTER HABEN SOLL. WAS HÄTTE DEN LESERN WOHL BESSER GEFALLEN? ICH HATTE EIGENTLICH EIN SCHLANGENMUSTER GEPLANT, WEIL MAN DA WENIGER SCHRAFFIEREN MUSS (LACHT).

* CARLSEN MANGA, 2005 ** IN DEUTSCHLAND BISHER NICHT ERSCHIENEN

WÄHREND ICH NOCH ÜBERLEGT HABE, WIE ICH AM BESTEN DIE PHASE ZEICHNE, IN DER DIE HAUPTFIGUR SICH SEINER ORIENTIERUNG NOCH NICHT SICHER IST, RÜCKTE DER ABGABETERMIN IMMER NÄHER. UND SO HABE ICH MICH SCHLIESSLICH EINFACH NUR VERZWEIFELT BEMÜHT, ES EINIGERMASSEN »NORMAL« RÜBERZUBRINGEN.

»DER SOMMER IST ZURÜCK« (GOLD, AUSGABE 10/2000). PINPOINT LOVERS (GOLD, AUSGABE 4/2001)

»KENTARO & KASUMI«

WORKS

SPLITTERNACKTES INTERVIEW MIT KAZUSA TAKASHIMA

AUF MEINEM SCHREIBTISCH

ZEICHENMATERIAL: ZEBRA-MARU-PEN TYP E, TACHIKAWA-G-PEN, SCHWARZE TUSCHE, POSCA-STIFTE, ROTRING (LIPID GRAPH) 0.2-0.3, DESIGNCUTTER NTD-400, SILVERKNIFE F200,ZEBRA-SCHREIB-PINSEL SUMITEI, IC-MANGAZEICHENPAPIER, RASTERFOLIE HAUPTSÄCHLICH VON IC (FÜR MENSCHEN BENUTZE ICH MEISTENS NR. 51, 52 UND 61) PC-ANFORDERUNGEN FÜR DIE KOLORIERUNG OS: WINDOWS98, CPU: PENTIUM III 500 MHZ (REICHT GERADE SO), RAM: 384 MB. TABLET: WACOM INTUOS I-900. WICHTIGSTE PROGRAMME: PHOTOSHOP 6.0, FÜR DIE HAARE BEI MENSCHEN: PAINTER 6.

IN WELCHER POSITION ZEICHNEST DU?

MEISTENS SITZE ICH AUF EINEM STUHL, HÄUFIG SCHRÄG. WENN MIR DAS ZU BLÖD WIRD, WECHSLE ICH IN DEN FERSENSITZ. WENN ICH SEHR IM STRESS BIN, FANGE ICH AN, MEINE UHR ZU BESCHIMPFEN. ZUM BEISPIEL »VERGISS ES!« ODER »NICHT SO SCHNELL!«, WENN SIE ZUR VOLLEN STUNDE SCHLÄGT (LACHT). WAS WÄHREND DER ARBEIT NICHT FEHLEN DARF, SIND ZIGARETTEN, TEE UND KAFFEE, TAKEDA-VITAMIN-LEMON (BONBONS), BGM, WÄRMEPFLASTER, MENTURM-LIPPENBALSAM.

WANN HAST DU DIE BESTEN IDEEN?

MIR FÄLLT VERGLEICHSWEISE WENIG EIN, WENN ICH ENTSPANNT BIN UND KEINEN STRESS HABE. MEISTENS KOMMEN VIEL MEHR IDEEN, WENN ICH WEGEN EINES ANDEREN JOBS GERADE DEN KOPF VOLL HABE UND MEIN GEHIRN ANFÄNGT, SICH IN ANDERE SPHÄREN ZU FLÜCHTEN.

STIMMT (LACHT), BEI DER SZENE IN »INNOCENT LIES«, ALS DIE HALSKETTE ÜBERREICHT WIRD, HAB ICH MIR VORGESTELLT, WIE SIE DIR BEIM TEXTEN VON SPRECHBLASEN EINGEFALLEN SEIN KÖNNTE.

AUCH NACH EINEM SPANNENDEN KINO- ODER TV-FILM DENKE ICH MIR OFT, DIES ODER DAS MÖCHTE ICH IRGENDWANN MAL ZEICHNEN. VOR ALLEM WENN ES EIN FANTASY- ODER ACTIONFILM WAR.

WELCHE CHARAKTERE MAGST DU BESONDERS?

YUNI AUS »INNOCENT LIES« ZUM BEISPIEL. IN SEINEM CHARAKTER STECKT VIEL VON MIR, ER IST EIN SEHR EMPATHISCHER TYP. ZUM BEISPIEL KANN ER UNGLAUBLICH SCHLECHT VERLIEREN, LÄSST SICH GERNE VERWÖHNEN UND IST STUR. DANN MAG ICH NOCH KURO AUS »HOT DOG« SEHR GERNE, WIE ER SO LEIDENSCHAFTLICH UND GLEICHZEITIG KINDLICH IST. ICH MAG HUNDE ABER SOWIESO GERN (LACHT).

SELBSTPORTRÄT

PROFIL

HEUTE IST MIR MEIN SELBSTPORTRÄT BESONDERS GUT GELUNGEN!!

Name: Kazusa Takashima
Geburtstag: 23.10.
Heimat: Hokkaido
Blutgruppe: B
1,50 m groß
Linkshänderin

Kuro

VIE IST EMBA AUS SICHT DEINER VORLIEBEN :U BEURTEILEN?

\US SICHT MEINER VORLIEBEN? (LACHT) SEIN <ÖRPERBAU ENTSPRICHT MEINEN VORLIEBEN, A. WAS DAS CHARAKTERLICHE ANGEHT... DA VÜRDE ICH IHM AM LIEBSTEN STÄNDIG SAGEN: NA, NA, KOMM MAL RUNTER! REG DICH NICHT MMER SO AUF!« ER IST DAS GENAUE GEGENTEIL SEINES VATERS SELEM UND MACHT EINFACH, VAS ER WILL. ICH NENNE IHN IMMER DEN RSTEN STALKER DER MENSCHHEIT (LACHT).

VÜRDEST DU EIN PAAR ERINNERUNGEN AN DIE ZEICHENARBEIT MIT UNS TEILEN?

)AS MANGAZEICHNEN MACHT MIR WAHNSINNIG SPASS, ABER WENN ICH UNTER ZEITDRUCK TEHE, BEDEUTET ES AUCH STRESS. WENN ICH)AS, WAS ICH AUSDRÜCKEN WILL, NICHT RICHTIG ZU PAPIER BRINGE, ÄRGERT MICH DAS MASSLOS UND ICH WERDE GANZ DEPRIMIERT.)AS KOMMT IMMER MAL WIEDER VOR, ABER MEISTENS WERDE ICH DADURCH AUCH ANGEREGT, NOCH EINMAL NEU NACHZUDENKEN JND ETWAS ZU VERBESSERN. BEI EMBA UND YUUEN WAREN DIE GESICHTER BESONDERS SCHWIERIG ZU ZEICHNEN, DAS HAT MICH OFT RICHTIG GENERVT (LACHT). ABER ICH BIN TROTZ ALLEM ECHT FROH, DASS ICH EINEN STEINZEITMANGA GEZEICHNET HABE.

VIE WÜRDEST DU DICH FÜHLEN, WENN VON WILD ROCK« EINE DRAMA-CD HERAUSKOMMEN SOLLTE?

CH WÜRDE VOR FREUDE IN DIE LUFT SPRINGEN! CH WÄRE SO GESPANNT, WIE SIE WIRD.

GIBT ES ETWAS, DAS DICH BEI DER GESTALTUNG DIESER CHARAKTERE BEEINFLUSST HAT?

NEIN. VIELLEICHT WÜRDE ICH MIR SO EINEN HUND WIE KURO WÜNSCHEN. ALLERDINGS HABE ICH MIR ALLES MÖGLICHE AN INFOS GEHOLT, WEIL KURO EIN BORDERCOLLIE-MISCHLING IST. URSPRÜNGLICH DACHTE ICH AN EINEN SHAR-PEI, ABER SO EIN MISCHLING PASST IN DEM FALL WOHL BESSER.

ACHTEST DU BESONDERS AUF DIE KLEIDUNG DER CHARAKTERE?

NUR IN SOFERN, DASS SIE ZU DEN FIGUREN PASSEN MUSS. BESONDERS SPASS MACHT ES MIR, TRADITIONELLE KLEIDUNG ZU ZEICHNEN.

DANN HAT DIR BEI »WILD ROCK« DIE KLEIDUNG WOHL BESONDERS SPASS GEMACHT?

DAS WAR ECHT HART (LACHT). DIE KLEIDUNG DER STEINZEIT-MENSCHEN IST ABER AUCH WIRKLICH AUSGEFALLEN. IN JENEN ZEITEN GAB ES JA KEINEN STOFF, ICH WOLLTE ETWAS AUS PELZ ZEICHNEN, ABER DA BLEIBT NICHT VIEL SPIELRAUM UND ICH HABE ECHT LANGE HIN UND HER ÜBERLEGT, WIE ICH ETWAS DRAUS MACHEN KANN. ICH WOLLTE, DASS DIE KLEIDUNG AUSSIEHT, WIE AUS TIERFELLEN UND BAUMRINDE ZUSAMMENGENÄHT, SO WAS IN DER ART. EMBA TRÄGT IN DER ERSTEN VERSION EINE ART CAMISOLE. AM ENDE SIEHT ER DANN ABER DOCH FAST NACKT AUS (LACHT)..

DIE KLEIDUNG DER STÄMME VON EMBA UND YUUEN UNTERSCHEIDET SICH ETWAS VONEINANDER, STIMMT'S?

YUUENS STAMM TRÄGT DEN LENDENSCHURZ HÜFTHOCH. DAMIT DER NABEL NICHT RAUSGUCKT (LACHT). ICH WOLLTE, DASS MAN DEN UNTERSCHIED ZWISCHEN EINEM AKTIVEN UND EINEM EHER KONSERVATIVEN STAMM SIEHT.

WIE KAMST DU AUF DIE IDEE MIT EINEM SCHAUPLATZ IN DER STEINZEIT, DER DIE LESER SEHR ÜBERRASCHT HABEN DÜRFTE?

ANGEREGT DURCH »INISHIE TOKUSHUU« IN EINER AUSGABE VON »BEBOY ZIPS« IM VORLETZTEN JAHR WURDE MIR DER VORSCHLAG GEMACHT, ICH KÖNNTE EINE STORY MIT SETTING IM HISTORISCHEN CHINA ZEICHNEN. ICH HAB SOFORT GESAGT: »DA ZEICHNE ICH DOCH LIEBER EINE MIT STEINZEIT-MENSCHEN!«

ANFANGS WAR DAS ALSO NUR EIN GAG!

JA, ICH HAB DAS ERST NICHT SO ERNST GENOMMEN. ICH HAB RUMGEALBERT, ICH WÜRDE DEN TYPEN JE NACH KÖRPERKRAFT EINE ENTSPRECHEND GROSSE PENISHÜLLE ZEICHNEN ODER ZEIGEN, WIE DIE STEINZEIT-MENSCHEN IHRE KRÄFTE MESSEN, INDEM SIE MIT DEM POMUSKEL KNOCHEN ZERQUETSCHEN UND SO. FIEL MIR SCHWER, DIE IDEE ZU VERWERFEN! (LACHT) DER TITEL WAR ANFANGS AUCH EIN ANDERER, NÄMLICH »WILD MAMBO« (LACHT).

WIE ENTSTANDEN DIE FIGUREN EMBA UND YUUEN?

DER CHARAKTER EMBA HAT SICH GLEICH VERFESTIGT, NACHDEM ICH ANGEFANGEN HATTE, MICH ERNSTHAFT MIT DEM GEDANKEN AN EINE SOLCHE STORY ZU BEFASSEN. SEINE FIGUR ENTHÄLT ENTSPRECHEND KOMISCHE UND ERNSTE ELEMENTE.UND EMBA HABE ICH BEWUSST MIT EINER EHER WEIBLICHEN ERSCHEINUNG KONZIPIERT.

EMBA TRÄGT IN DER ERSTEN VERSION EINE ART CAMISOLE

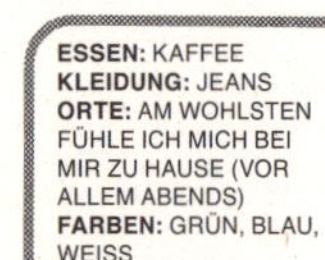

LIEBLINGSDINGE

ESSEN: KAFFEE
KLEIDUNG: JEANS
ORTE: AM WOHLSTEN FÜHLE ICH MICH BEI MIR ZU HAUSE (VOR ALLEM ABENDS)
FARBEN: GRÜN, BLAU, WEISS
JAHRESZEITEN: FRÜHLING UND SOMMER
TV: »UNBELIEVABLE« UND AMERIKANISCHE SERIEN AUF NHK
MUSIK: EIGENTLICH ALLES
STARS: DIE BACKSTREET BOYS, INSINC, ZEBRAHEAD (AKTUELL 5/2002)
TIERE: HUNDE, PFERDE, KATZEN, TIGER UND FISCHE GUCKE ICH GERNE AN.

SPLITTERNACKTES INTERVIEW MIT KAZUSA TAKASHIMA

CHARAKTERE

WER WÄRE EIN GUTER FREUND? ♥

KENTARO. EIGENTLICH HABE ICH NUR SOLCHE MÄNNLICHEN FREUNDE.

UND WEN WÜRDEST DU HEIRATEN? ♥

YUNI, DEN BRUDER VON YUUEN. ER HAT IN VIELERLEI HINSICHT GROSSE TALENTE… MIT ZU ERWACHSENEN TYPEN WIE SELEM KANN ER NICHT GUT, MIT DENEN KANN MAN KEINEN SPASS HABEN. ICH WÜRDE GERNE MIT IHM SPASS HABEN.

MIT WEM WÄRST DU GERNE ZUSAMMEN? ♥

YUUEN KÖNNTE KENTAROS BRUDER SEIN. MIT IHM KANN MAN SPASS HABEN, ABER AUCH ENTSPANNEN.

WER WÄRE EIN TOLLER BRUDER? ♥

EMBA HÄTTE ICH GERNE ALS BRUDER. ICH HABE KEINE ÄLTEREN GESCHWISTER UND HABE MIR IMMER EINEN GROSSEN BRUDER GEWÜNSCHT, AUF DEN ICH MICH VERLASSEN KANN. WENN EMBA MEIN GROSSER BRUDER WÄRE, WÜRDE ICH ÜBERALL MIT IHM HINGEHEN UND MICH EIN BISSCHEN VON IHM VERHÄTSCHELN LASSEN (LACHT). SEINE FREUNDIN WÄRE GENERVT, WEIL ICH IHM IMMER HINTERHERLAUFE. DIESE ZEICHNUNG FINDE ICH WIDERLICH! DAS IST UNMORALISCH.

AUFTRAGSARBEIT: »BILDERBUCH-GESCHWISTER«

FRAGEN AN DEN REDAKTEUR!

WAS IST TAKASHIMA-SENSEI FÜR EIN MENSCH?

SEHR EHRLICH, DIREKT UND FREUNDLICH. EIN MENSCH, DER NIEMALS LÜGEN WÜRDE.

WAS WÜRDEN SIE TAKASHIMA-SENSEI GERNE SAGEN?

DAS KLINGT JETZT HOFFENTLICH NICHT ZU HEFTIG, ABER ES WAR BISHER SCHON ANSTRENGEND UND ES WIRD SICHER AUCH NOCH ANSTRENGENDER WERDEN. ABER WIR ALLE WERDEN DICH IN DEINER ARBEIT UNTERSTÜTZEN. DU HAST JA GERADE ERST RICHTIG ANGEFANGEN. BLEIB, WIE DU BIST, UND MACH BITTE WEITER SO MIT DEINER ARBEIT. UND GEH ENDLICH MAL ZUM ZAHNARZT!

MÖCHTEN SIE DEN LESERN AUCH NOCH ETWAS SAGEN?

AUF EUCH WARTEN WEITERE SPANNENDE MANGA, IHR WERDET EUREN AUGEN NICHT TRAUEN (LACHT)! ALSO FREUT EUCH SCHON MAL DARAUF!

ERZÄHL UNS BITTE ETWAS ÜBER DEINE NEUEN CHARAKTERE CHRIS UND AYA AUS »LAST CLIENT«*!

CHRIS IST DER CHARAKTER, BEI DEM ICH ALS ERSTES WUSSTE, WIE ER AUSSEHEN SOLL. ICH WOLLTE EINEN DRECKIGEN TYPEN ZEICHNEN (LACHT). UND DIESEM UNGEPFLEGTEN ALTEN SACK HABE ICH DANN EINEN VÖLLIG UNPASSENDEN NAMEN GEGEBEN… »CHRIS« KLINGT VIEL ZU HÜBSCH FÜR IHN. AYAS CHARAKTER STAND AUCH RELATIV SCHNELL FEST. ICH MAG FRECHE FIGUREN UND FAND IHN LEICHT ZU ZEICHNEN. BEIDE LEBEN IN EINER FINSTEREN WELT UND ICH WOLLTE EIN BISSCHEN MIT DEN GEGENSÄTZEN SPIELEN, DESHALB HABE ICH DEN BEIDEN EHER FRÖHLICHE NAMEN GEGEBEN… BEI AYA KANN MAN DAS SICHER GUT NACHVOLLZIEHEN. EINEN SO SCHMUDDELIGEN TYPEN WIE CHRIS HATTE ICH VORHER NOCH NIE GEZEICHNET, DAS HAT ECHT SPASS GEMACHT!

* IN DEUTSCHLAND BISHER NICHT ERSCHIENEN

INTERVIEW

WIE KAMST DU AUF DIE STORY VON »LAST CLIENT«?

NUN, DIE GRUNDIDEE KAM MIR BEIM FILM »LEON«. ICH WOLLTE EINE VERDORBENE, ABER AUCH MENSCHLICHE UND EHRLICHE WELT ZEICHNEN. ANFANGS DACHTE ICH AN EINE ETWAS WENIGER ERNSTE STIMMUNG, ABER DIE SZENERIE ENTWICKELTE SICH IMMER DÜSTERER. ALSO HABE ICH NACH EINER LÖSUNG GESUCHT UND WOLLTE DIE KOMMUNIKATION ZWISCHEN DEN BEIDEN NICHT ZU SCHWERMÜTIG GESTALTEN.

WELCHEN TEIL HÄLTST DU FÜR BESONDERS VIELVERSPRECHEND?

DIE UNTERHALTUNGEN ZWISCHEN CHRIS UND AYA ... UND DIE ACTIONSZENEN. VIELVERSPRECHEND IST EIGENTLICH DER FALSCHE AUSDRUCK, ES SIND EHER SZENEN, VON DENEN ICH HOFFE, DASS SIE DIE AUFMERKSAMKEIT DER LESER ERREGEN (LACHT).

DANN HAT DIR BEI »WILD ROCK« DIE KLEIDUNG WOHL BESONDERS SPASS GEMACHT?

GIBT ES ERLEBNISSE, DIE DICH ALLEIN BEI DER ERINNERUNG DARAN IMMER NOCH ERRÖTEN LASSEN?

NICHTS, WORÜBER ICH MIR HEUTE NOCH EINEN KOPF MACHEN WÜRDE. EINMAL BIN ICH DURCH EINE FLUGHAFENHALLE GELAUFEN UND MIR HING NOCH TOILETTENPAPIER HINTEN AUS DER HOSE RAUS. ICH HATTE DAS KLOBRILLENPAPIER VERSEHENTLICH MIT DER HOSE HOCHGEZOGEN UND EINGEKLEMMT ... ZUM GLÜCK WAR ES NICHT DAS KLOPAPIER, MIT DEM ICH MICH ABGEWISCHT HATTE ... UND ZUM GLÜCK IST MIR DAS NICHT AM HANEDA-FLUGHAFEN PASSIERT.

LIEST DU PRIVAT MANGA?

EIGENTLICH KAUM, ABER HIN UND WIEDER LESE ICH »KARAKURI CIRCUS«* VON KAZUHIRO FUJITA, DEN MAG ICH GANZ GERNE.

WELCHE MANGA SIND FÜR DICH DIE BESTEN DREI?

»USHIO TO TORA«* VON KAZUHIRO FUJJITA, »CANNIBALISM«* VON HIINAKI TAKANAGA UND »KIMBA, DER WEISSE LÖWE«** VON OSAMU TEZUKA. ALS »USHIO TO TORA« UND »CANNIBALISM« IN DEM SAMMELBAND »KOTANKOROKAMUI« ERSCHIENEN, HABE ICH GEWEINT! ICH LIEBE DIESE MANGA SCHON SEIT MEINER KINDHEIT. ALS ICH KLEIN WAR, WAREN WIR MIT DER FAMILIE OFT IN EINEM THERMALBAD UND DORT GAB ES EINEN RAUM MIT KIMBA-TAPETE, ICH HAB MICH JEDES MAL SO DARÜBER GEFREUT! ICH HÄTTE EINEN SCHOCK ERLITTEN, HÄTTEN WIR EIN ZIMMER MIT EINER ANDEREN TAPETE BEKOMMEN (LACHT).

WAS WÜRDEST DU MACHEN, WENN DU NICHT MANGAKA GEWORDEN WÄRST?

MIT DEM AUTO HERUMFAHREN, LIEDER SINGEN, IM SOMMER FEUERWERKSFESTE BESUCHEN, AM JAHRESENDE NEUJAHRSKARTEN SCHREIBEN. GANZ NORMAL ARBEITEN, GANZ NORMAL HERUMHÄNGEN. UND UNZUFRIEDEN VOR MICH HINTRÖDELN.

WIE WÄRE DER PERFEKTE MANN FÜR DICH?

DA ICH SELBER KLEIN BIN, MÜSSTE ER GROSS SEIN, MIT DER DAZU PASSENDEN FIGUR, UND KLAR GESCHNITTENEN GESICHTSZÜGEN. EINER, DER SICH SELBST UND ANDEREN GEGENÜBER IMMER OFFEN UND EHRLICH IST. EIN BISSCHEN KINDISCH DARF ER AUCH SEIN. UND ER SOLLTE WEDER ZU SEHR KLAMMERN, NOCH ZU SEHR AUF DISTANZ BEDACHT SEIN. SOLLTE ES SO EINEN MANN GEBEN, HEIRATE ICH IHN!

WAS BEDEUTET LIEBE FÜR DICH?

EIN ENDLOSES THEMA! PFEIF! (LACHT)

HAB ICH EINEN WUNDEN PUNKT GETROFFEN? (LACHT)

NUN JA, ICH STEHE AUF DIE SACHE MIT DER UNERWIDERTEN LIEBE. DA FREUT MAN SICH DERMASSEN ÜBER DIE KLEINSTE KLEINIGKEIT (LACHT). ABER WENN ES DIE ECHTE LIEBE GIBT, DANN MÖCHTE ICH SIE BITTE BIS ANS LEBENSENDE LEBEN! DANN WÜRDE ICH WOHL ALLERDINGS NOCH DURCHGEDREHTER, ALS ICH ES EH SCHON BIN (LACHT).

* IN DEUTSCHLAND BISHER NICHT ERSCHIENEN ** CARLSEN MANGA, 2011

MANN, MANN.

WIR SIND BEIDE GANZ SCHÖN ALT GEWORDEN.

▼ (UNTEN) DIE SZENE, IN DER EMBA UND YUUEN IN DER ABENDSONNE IHREN SCHWUR SPRECHEN. (OBEN) DIE SZENE, IN DER SELEM UND YUNI AUS »INNOCENT LIES« SICH IN »WILD ROCK« WIEDERBEGEGNEN. ▲

BEST SCENE!

KAZUSA'S SELECTION

DIE SZENEN, DIE TAKASHIMA-SENSEI ALS BESTE SZENEN AUSGEWÄHLT HAT?!

DIE SZENE AM ENDE VON »WILD ROCK«, ALS SELEM UND YUNI SICH WIEDERBEGEGNEN UND EIN PAAR WORTE WECHSELN. OHNE DIESE SZENE WÄRE FÜR MICH PERSÖNLICH »WILD ROCK« NICHT ZU ENDE GEWESEN. ES WAR ECHT HART, DIE TRÄNENREICHE ABSCHIEDSSZENE IM EPILOG ZU ZEICHNEN. ICH HÄTTE SIE GERNE GLÜCKLICH GESEHEN, ABER WÄREN DIE BEIDEN ZUSAMMENGEKOMMEN, WÄREN EMBA UND YUUEN NICHT ENTSTANDEN. ABER JETZT SIND BEIDE GLÜCKLICH. SIE HABEN EIN GUTES VERHÄLTNIS ZUEINANDER, AUCH WENN ES KEINE LIEBESBEZIEHUNG IST. DIE ZWEITE LIEBLINGSSZENE IST DIE MIT DEM SCHWUR ZWISCHEN EMBA UND YUUEN. BIS ICH DIE RICHTIGEN WORTE GEFUNDEN HATTE, HAB ICH MICH NÄMLICH EIN HALBES JAHR GEPLAGT (LACHT).

UND WENN ES MIC MEIN LEBEN KOS-TET ...
... MEINE SEELE WIRD IMMER UND EWIG DIR GEHÖREN.

NOCH EIN PAAR WORTE AN DIE LESER. GIBT ES ETWAS, DAS DIR AUS DEN LESERBRIEFEN BESONDERS IN ERINNERUNG GEBLIEBEN IST, WORÜBER DU DICH SEHR GEFREUT HAST?

AM MEISTEN FREUE ICH MICH, WENN DIE LESER SCHREIBEN, DASS SIE MIT DEN CHARAKTEREN MITGEFÜHLT HABEN, GENAUSO AUFGEREGT WAREN, SICH GEFREUT HABEN UND GESPANNT WAREN. ÜBER EINEN BRIEF MUSSTE ICH AUSSERDEM SEHR LACHEN, DA SCHRIEB EIN LESER, ER HÄTTE SICH DIE DOPPELSEITIGE ILLUSTRATION AUS »WILD ROCK« AN DIE EINGANGSTÜR GEHÄNGT. ICH MEINE, AN DIE EINGANGSTÜR?!

WAS IST DIR BEIM MANGAZEICHNEN BESONDERS WICHTIG?

ICH MÖCHTE DEN LESERN AUCH DIE MENTALE SEITE DER CHARAKTERE MÖGLICHST NAHEBRINGEN. JA, ICH MÖCHTE MANGA ZEICHNEN, DIE BERÜHREN (LACHT). UND AUCH WENN ES KEINE EXPLIZITEN EROTIKSZENEN GIBT, SOLL ES HEISS RÜBERKOMMEN. ICH FREUE MICH, WENN DIE LESER SICH IN DIE CHARAKTERE HINEINVERSETZEN KÖNNEN. DA FÄLLT MIR EIN, DASS TATSÄCHLICH SCHON EINIGE LESER GESCHRIEBEN HABEN, DASS SIE TIEF BERÜHRT WAREN (LACHT). DAS HAT MICH SEHR GEFREUT.

GIBT ES EIN THEMA ODER MOTIV, DAS DU IN ZUKUNFT GERNE UMSETZEN MÖCHTEST?

IRGENDWAS MIT TIEREN ODER ANDEREN KREATUREN. ABER SO ETWAS KOMMT BEI MIR EHER SPONTAN. ACH JA, WAS DAS THEMA BETRIFFT, NATÜRLICH DIE LIEBE! HAUPTSACHE LIEBE, UND DANN KOMMT WIEDER EIN WITZIGER MANGA DABEI HERAUS (LACHT).

ZIELE FÜR DIE ZUKUNFT?

IN ERSTER LINIE MÖCHTE ICH ETWAS ERSCHAFFEN, WORAN ICH SELBST MEINEN SPASS HABE.

UND AMBITIONEN?

DASS MEINE MANGA ALS ANIME VERFILMT WERDEN. ICH WÜRDE MEINE CHARAKTERE ZU GERNE AUF DER LEINWAND SEHEN!

MÖCHTEST DU DEINEM REDAKTEUR NOCH ETWAS SAGEN?

BIST DU SICHER, DASS DU WEITER MIT MIR ARBEITEN WILLST? ICH WEISS ECHT NICHT, WAS DA NOCH KOMMT!

DU MACHST MICH JA GANZ VERLEGEN (LACHT)! OKAY, DANN NOCH EIN PAAR WORTE AN DEINE LESER.

ICH WERDE SO WEITERMACHEN! AUCH WENN ICH NOCH NICHT WEISS, WOHIN DIE REISE GEHT (LACHT). ICH MÖCHTE GERNE MANGA ERSCHAFFEN, DIE WIE DIE AMERIKANISCHEN SERIEN AUF NHK LIEBE, KOMIK UND TRAGIK MITEINANDER VERBINDEN. BEI DENEN MEINE LESER NEUE ENERGIE TANKEN KÖNNEN UND GLÜCKLICH SIND. DAS IST ES, WAS ICH MIT MEINEN MANGA ERREICHEN MÖCHTE.

ENDE

EURE FRAGEN AN TAKASHIMA-SENSEI!

Q: WIE VIELE STUNDEN SCHLÄFST DU TÄGLICH UND WIE VIELE MAHLZEITEN NIMMST DU ZU DIR? (CHIKUMAN, PRÄFEKTUR TOSHIGI)

A: SCHLAFEN TUE ICH ZWISCHEN 30 MIN. UND 5 STUNDEN, NACH EINEM ABGABETERMIN AUCH MAL 10 STUNDEN. ICH TRINKE LITERWEISE KAFFEE UND TEE, EINE RICHTIGE MAHLZEIT NEHME ICH NUR EINMAL AM TAG ZU MIR.

Q: WAS MACHST DU, WENN DU MAL NICHT IN FORM BIST? (NORIMAKI, TOKYO)

A: ICH JAMMERE MEINEN REDAKTEUR VOLL UND BITTE UM TERMINVERSCHIEBUNG.

Q: HAST DU EINEN TRICK, WIE DAS ZEICHNEN GUT GELINGT? (MAKOTO, PRÄFEKTUR SHIGA)

A: ICH HAB DA MEINE GANZ EIGENE METHODE, DESHALB IST DAS EINE SCHWIERIGE FRAGE. WENN MAN BEI MENSCHEN ZUM BEISPIEL AUF DAS KNOCHENGERÜST UND DEN MUSKELAUFBAU ACHTET, BEKOMMT MAN SCHNELLER GUTE ERGEBNISSE… HM.

Q: WAS ZIEHT DICH AM MÄNNLICHEN KÖRPER BESONDERS AN? (MINORU, TOKYO)

A: DIE ARME UND EIN BREITER RÜCKEN. DAS SIND DIE STELLEN, AUF DIE ICH ZUERST GUCKE, AUCH BEI MÄNNERN IM FERNSEHEN.

Q: WAS GEFÄLLT DIR AN HOKKAIDO BESONDERS? (GOUYA, PRÄFEKTUR OKINAWA)

A: DIE NATUR IST DORT SCHÖNER UND ES IST NICHT SO WARM WIE AUF DER HAUPTINSEL. ICH LEBE AUF HOKKAIDO.

NOCH MEHR VON MEISTERIN TAKASHIMA!

KAZUSA TAKASHIMA
PRESENTS

KURO & UKYO

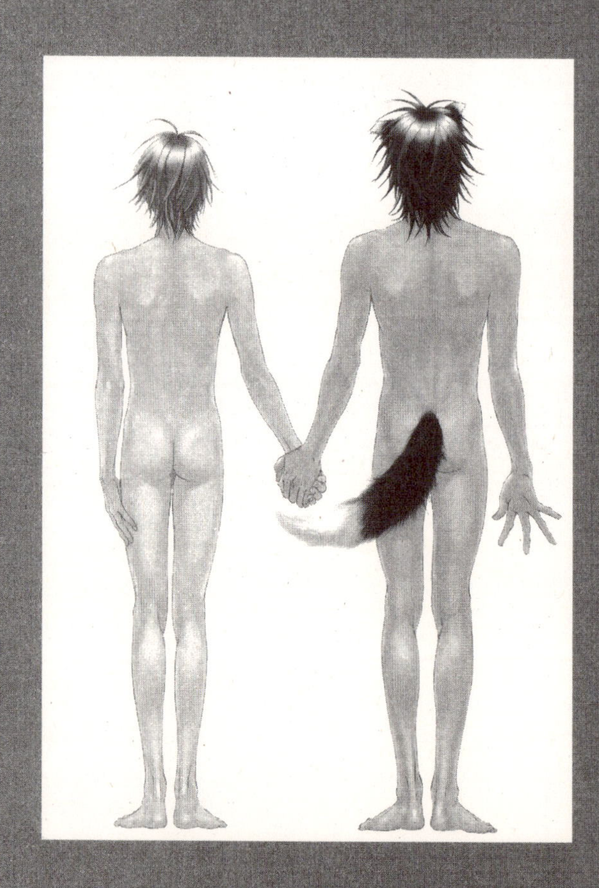

OMAKE-GALERIE

SONDERAUSSTELLUNG VON TAKASHIMA-SENSEIS SKIZZEN!

HOT DOG
☆ DIE CHARAKTERE IN DEN ERSTEN ZÜGEN ☆

I...ICH FREU MICH SO!
EIN HOCH AUF MICH! DAS SIND DIE CHARAKTER-SKIZZEN.
DA ES EIN WEISSER HUND IST, NENNE ICH IHN SHIRO. DER NAME SEINES PARTNERS IST UKYO. DIE NAMEN STEHEN SCHON MAL FEST.
ALS ER IHN ENTDECKT.

FRECHER KERL.
PROFILSTUDIEN.
KOMMST SPÄT!
SHIRO!
GLÜCKLICHER HUND
HUND, DEN TRÄNEN NAHE.

HOT DOG
☆ ENDVERSION DER CHARAKTERE ☆

UKYO!
SEIN KOPF-
HAAR IST
SCHWARZ UND
WUSCHELIG.
WAU!
SCHWANZ
ER IST AUCH
EIN IDIOT.
MANCHMAL MISCHT
ER VERSEHENTLICH
HUNDESPRACHE MIT
MENSCHENSPRACHE, ZUM
BEISPIEL: »TOLL, WAU!«

ICH MUSS DICH WASCHEN.
BIST DU BEREIT?
WAAAAH!
IM BAD
PANISCHER HUND

HOT DOG
☆ KURO BIS ZU SEINER
FERTIGSTELLUNG ☆
...

KENTARO UND KASUMI
☆ CHARAKTER-SKIZZEN ☆

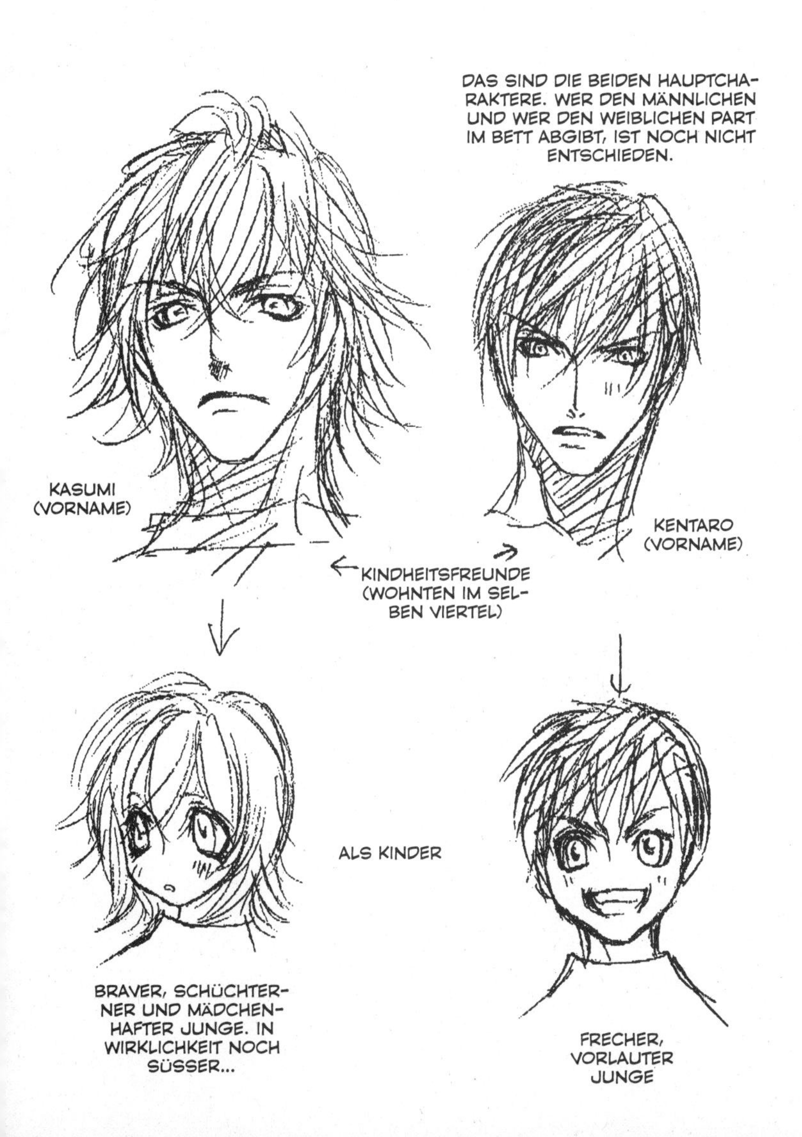

»AUF DEM SPAZIERGANG« AUS »HOT DOG«

Q1: BITTE STELL UNS DIE CHARAKTERE VOR!

A. Das links ist Ukyo. Auf den ersten Blick ganz normal, aber er ist ein bisschen naiv. Rechts ist Kuro. Eigentlich ist er ein Hund. Auch wenn er seine Menschengestalt annimmt, bleibt er im Kopf ein Hund, ihm fehlt der menschliche Verstand.

Q2: WAS PASSIERT IN DER SZENE AUF DEM BILD?

A. Die Beiden sind auf einem Spaziergang im Regen. Kuro schnüffelt schwanzwedelnd an einer Hortensie. Da entdeckt er etwas Schwarzes auf den Blättern...

KURO: »Ukyo!«

UKYO: »...!!«

Q3: NOCH EIN KOMMENTAR ZU DEM BILD BITTE! ♪

A. Seht ihr die Wassertropfen auf dem Huflattichblatt? In der Regenzeit wird mein Zeichenpapier immer nass, das nervt. Das macht das Zeichnen echt schwierig.

Q4: AUF WAS ACHTEST DU BEIM ZEICHNEN BESONDERS? WAS MACHT DIR BESONDERS SPASS – UND WAS STRESST DICH?

A. Am meisten achte ich auf die Kolorierung, bei Schwarz-Weiss auf die Schattierung. Spass macht mir das Kolorieren, Stress macht mir... vieles.

»DER JUNGE, DER EIN FISCH SEIN WOLLTE« AUS »KENTARO & KASUMI«

Q1: BITTE STELL UNS DIE CHARAKTERE VOR!

A. Links seht ihr Kasumi, rechts Kentaro. Die Charaktere sollten ein frecher, naiver Junge und ein braver, sanftmütiger Schönling sein. Ich mag Kentaro besonders.

Q2: ERZÄHL UNS WAS ZU DER SZENE AUF DEM BILD!

A. Kentaro drängt Kasumi dazu, die Karpfenfahne zu tragen, der will aber nicht.

KENTARO: »Komm schon, versuch es wenigstens mal!«

KASUMI: »Ich mach doch schon!«

Q3: NOCH EIN KOMMENTAR ZU DEM BILD BITTE!

A. Die Szene musste ich aus Verzweiflung zeichnen. Als Kind wollte ich immer in die Karpfenfahne schlüpfen. Aber ich durfte nie und jetzt bin ich erwachsen.

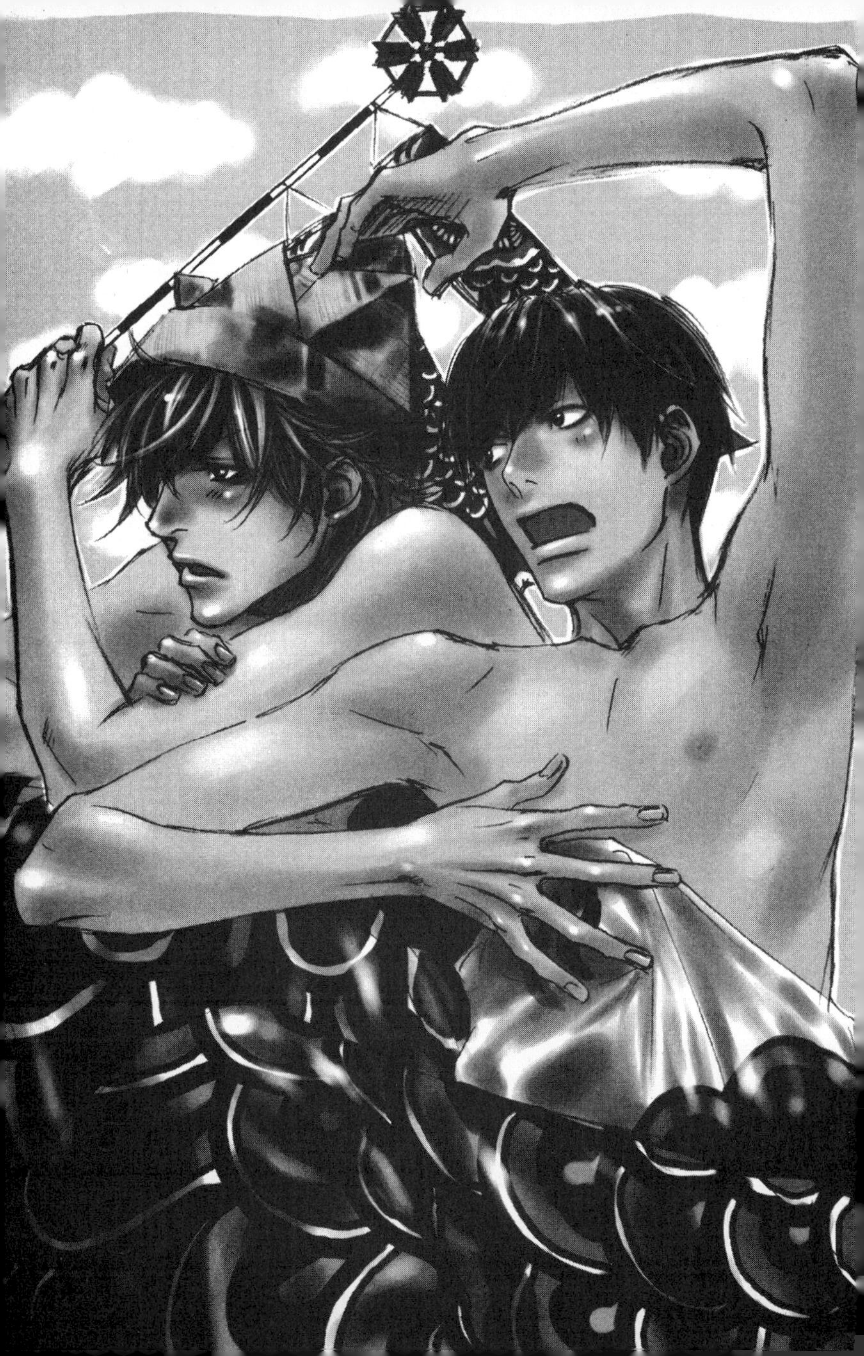

WAH, FRAU NACHBARIN, WAS WOLLEN SIE DENN MIT DIESEM HÜNDCHEN?
WIE HEISST ER?
MH?
DAS IST MAMETARO! SAG UKYO SCHÖN HALLO!
ER IST KLEIN, ABER SCHON AUSGEWACHSEN!
HAH
HAH
HAH
MAMETARO?!
DAS IST JA SÜSS!
HOT DOG — ROJIN ☆LOVE
ER GEHÖRT EINER BEKANNTEN UND ICH PASSE AUF IHN AUF. SIE IST VERREIST.
IST NUR FÜR EIN PAAR TAGE.
WAAAAH!
WIR WERDEN UNS SUPER VERSTEHEN, MAMETARO!
WIR SPIELEN ZUSAMMEN!
WUFF
FRAU NACHBARIN, DARF ICH IHN EINE WEILE...
... ZUM SPIELEN HIERBEHALTEN?
WAS?!
JA, KLAR!
ICH WOLLTE EH GERADE EINKAUFEN GEHEN.
UKYO!!
DU HAST DOCH MICH!
WAS WILLST DU MIT EINEM ANDEREN HUND?!
SCHOCK
KURO FREUT SICH BESTIMMT AUCH!
DANN VIEL SPASS, UKYO!
SCHLUCK

KURO IST EIN GANZ LIEBER!
STIMMT'S, KURO? ♡
FREUNDE DICH SCHÖN MIT MAMETARO AN, JA?
UKYO...
KURO IST EIN LIEBER?
BEHERRSCHUNG...
UUH...
WAH, MAMETARO KANN PFÖTCHEN GEBEN!
TOLL! ECHT SUPER!
ICH KANN UKYO NICHT IM STICH LASSEN...
UFF
DAS KANN ICH AUCH, GUCK!
WAS ZAPPELST DU DENN SO RUM, KURO?
UOOOH!
HEY, SCHAU MAL, WIE SÜSS ER IST, KANNST DU DAS AUCH?
ER BEACHTET MICH GAR NICHT MEHR!!
NUFF

HEY, HEY, DAS KIT-ZELT!
HI HI HI
UKYO...
UKYO HAT DAS DRESSIERTE HÜNDCHEN LIEBER ALS MICH...
HEUL TRIEF

KOMM MAL HER, KURO.
WAS DENN, HM?
DU SIEHST JA SO TRAURIG AUS.
WUFF
BIST DU EIFER-SÜCHTIG?

DU BRAUCHST KEINE KUNST-STÜCKCHEN FÜR MICH ZU MACHEN, KURO.
DU MACHST MICH SCHON GLÜCKLICH, WENN DU EIN-FACH NUR DA BIST.
STRAHL
STRAHL
STRAHL
U... UKYO ...
AH!
NICHT GUT.
K...
KURO!
WARTE MAL!
UKYO!
BERUHIG DICH, KURO!
HOPPS
NICHT HIER!
UKYO, GEHST DU BITTE MILCH HOLEN?
UKYOS MAMA.
TRAP TRAP TRAP TRAP TRAP TRAP TRAP TRAP TRAP
WHAMM
NICHT JETZT, VERDAMMT, NICHT JETZT!!

WEDEL
WEDEL
UKYO!
KEUCH
KEUCH
DAS WAR KNAPP...
NA, NA, MAMETARO GUCKT ZU!
DAS IST DOCH PEINLICH!
SCHLECK SCHLECK
KURO GLÜCKLICH!
UKYO GLÜCKLICH!
JA, DU MACHST MICH GLÜCKLICH, KURO.

UKYO!
HE, HÖR AUF DAMIT, KURO!
MAMA IST UNTEN!
WUFF?
MAMETA-RO SOLL DOCH SO WAS NICHT SEHEN...

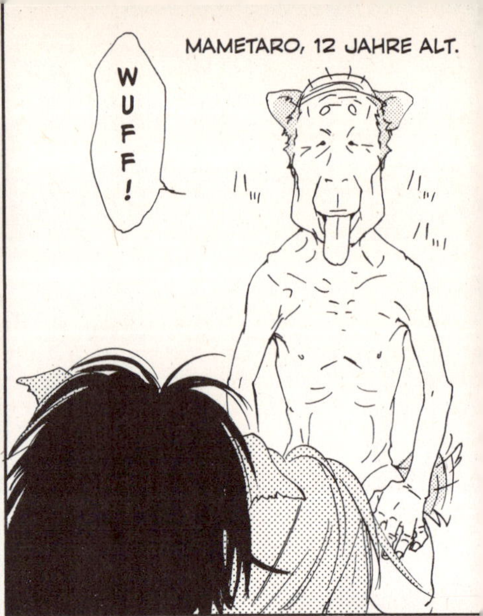
MAMETARO, 12 JAHRE ALT.
WUFF!

MAME...
HAH HAH HAH HAH HAH HAH HAH HAH HAH HAH

MA-METARO!!
SEIT UKYO DEN HUND HAT, WIRD ER IMMER SELTSAMER...
SCHWI

GYAAAAH
IN DIESER NACHT...
DER ALTE SOLL MAMETARO SEIN?!
BERUHIGEN SIE SICH, FRAU NACHBARIN!
WUSCH WUSCH
WIR HABEN NICHTS GESEHEN, KURO...
HOT DOG — ROJIN ★ LOVE — ENDE

KAZUSA TAKASHIMA
PRESENTS

KURO & UKYO

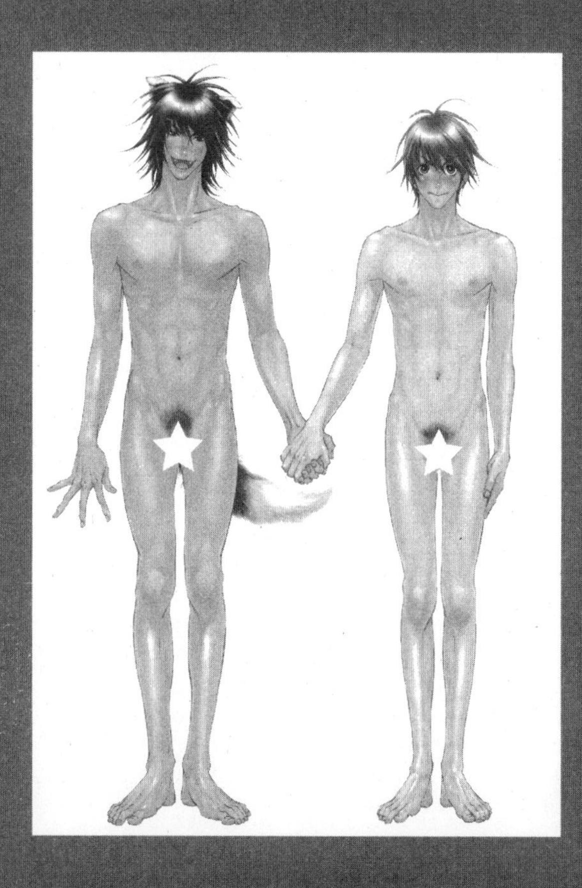

MEIN BUCH
LEBE HOCH!

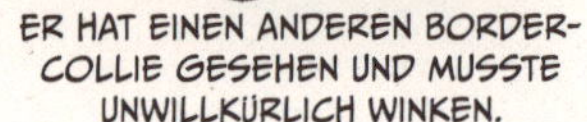

ER HAT EINEN ANDEREN BORDER-COLLIE GESEHEN UND MUSSTE UNWILLKÜRLICH WINKEN.

ATOGAKI (NACHWORT)

DANKE, DASS IHR MEINEN MANGA GELESEN HABT. EIN HUND UND EIN JUNGE, EIN GOLDFISCH UND EIN JUNGE, GANZ SCHÖN SPANNEND DIESER BAND, ODER? HIER KOMMT NOCH EIN ATOGAKI-MANGA FÜR EUCH!

VORSICHT VOR DEM BÄREN

1

VOR LANGER ZEIT HATTE ICH EINMAL EINEN UNFALL MIT DEM AUTO.

TROTZ VORFAHRT-ACHTEN-SCHILD AUF DER SEITE DES ANDEREN FAHRERS IST ER EINFACH WEITERGEFAHREN UND IN MICH REINGERAUSCHT.

VORFAHRT ACHTEN

VERLETZT WURDE NIEMAND.

2

DA DER ANDERE FAHRER ABER EIN ALTER MANN WAR, GAB ICH MICH UNTERWÜRFIG.

DOCH DANN HAT ER MICH SOGAR IM BÜRO IMMER WIEDER MIT ANRUFEN BELÄSTIGT.

3

EINES TAGES WURDE ICH DESWEGEN SO SAUER, DASS ICH IHN AM TELEFON ANGEBRÜLLT HABE:

SIE NERVEN DERMASSEN, DER NÄCHSTE BÄR SOLL SIE FRESSEN!

ER HAT NIE WIEDER ANGERUFEN.

4

AUF HOKKAIDO WIRKT EINE SOLCHE WARNUNG NOCH.

IN DEN BERGEN VON HOKKAIDO SIEHT MAN NOCH OFT WELCHE.

ACHTUNG VOR DEM BÄREN

UNNÜTZES WISSEN ①

»DER NÄCHSTE BÄR SOLL SIE FRESSEN!«, WAS FÜR EINE BEEINDRUCKENDE PHRASE. ABER SIE IST EIGENTLICH GAR NICHT VON TAKASHIMA, SONDERN VON IHREM PAPA.

*TAKASHIMAS PAPA… ER IST ZIEMLICH JÄHZORNIG (TEILWEISE). TAKASHIMAS GROSSARTIGER PAPA.

UNNÜTZES WISSEN ②

ICH HABE VOR LÄNGEREM EINMAL MEINE ARBEITSMATERI ALIEN VORGESTELLT, INZWISCHEN (2004) HAT SICH ABER VIELES GEÄNDERT.

- FEDERSPITZE: TACHIKAWA- G-PEN. ICH MAG DIE HÄRTE DER FEDER.
- RADIERGUMMI: KOKUYO PRO. DEN NEHME ICH OFT FÜR ZEICHNUNGEN.
- KALLIGRAFIESTIFT: MITSUBISHI-SCHREIBPINSEL PFK-503 ER HAT EINE FEINE SPITZE UND ES LÄSST SICH LEICHT DAMIT ZEICHNEN. DIE FARBE IST TIEFSCHWARZ, ALSO PERFEKT.
- MANUSKRIPTPAPIER: MUSE-HQ-MANGAZEICHENPAPIER 135G. ES HAT EIN ANGENEHMES WEISS, DAS DIE AUGEN NICHT SO SCHNELL ERMÜDEN LÄSST, UND DER PINSEL GLEITET GUT DARAUF. ODER BILDE ICH MIR DAS NUR EIN?

DA IHR NUN GENUG ÜBER MEINE WIDERLICHKEITEN ERFAHREN HABEN DÜRFTET, NOCH ETWAS ZU MEINEN ANDEREN WERKEN.

- DIE GESCHICHTE, WIE SICH IN »HOT DOG« EIN HUND IN EINEN MENSCHEN VERWANDELT, SICH ABER WEITER GENAUSO KINDLICH BENIMMT WIE EIN HUND, KAM EXTREM GUT AN. ES WÄRE TRAURIG, WENN SIE VORBEI WÄRE, DARUM HABE ICH EINE GANZE HUNDE-MANGASERIE DARAUS GEMACHT. EHRLICH GESAGT MACHT MIR DAS HUNDEZEICHNEN SEITDEM RICHTIG SPASS. IMMER WENN ICH ZEIT HABE, ZEICHNE ICH JETZT HUNDE-CHARAKTERE... HOCH LEBEN DIE TIER-CHARAKTERE!

- »DER SOMMER IST ZURÜCK« UND »PINPOINT LOVERS« WAREN SPECIALS, DIE IM MAGAZIN »BEBOY GOLD« VERÖFFENTLICHT WURDEN. DA ICH BEIDE SPEZIELL FÜR DAS MAGAZIN GEZEICHNET HATTE, SIND DIE BEIDEN PÄRCHEN DER GESCHICHTEN IM SELBEN ALTER. KENTARO... DAS WAR DER NAME EINES JUNGEN, DEN ICH SEHR MOCHTE. GYAH! JA...

- »DER GOLDFISCH-PRINZ« HABE ICH FÜR EIN BUSINESS-MAGAZIN GEZEICHNET UND ES IST EIN ECHTER SHOJO-MANGA. VORHER HATTE ICH NOCH NIE EINEN STORY-MANGA GEZEICHNET, DESHALB WAR ES GANZ SCHÖN HART, OBWOHL ES NUR SO WENIGE SEITEN SIND. ICH HAB MIR SO DEN KOPF ZERBROCHEN, UM AUF EINE GUTE IDEE ZU KOMMEN, UND DANN SAH ICH AUF EINEM JAHRMARKT EINE TIER-LOTTERIE. SO KAM ES ZUM »GOLDFISCH-PRINZ«. ICH MÖCHTE MICH HERZLICH BEI DEN VERANTWORTLICHEN BEDANKEN.

ALSO DANN, ICH HOFFE, WIR SEHEN UNS BALD IN EINEM MANGA ODER EINEM MAGAZIN WIEDER!
VIELEN DANK!
KAZUSA TAKASHIMA

- NOCH MEHR UNNÜTZES WISSEN. AUCH WENN ES NUR DIESES BILD IST.

EINIGE TAGE ZUVOR HATTE ICH GETRÄUMT, EIN FREMDER MANN KÄME IN DIE WOHNUNG UND WÜRDE EINE BOMBE ZÜNDEN, DESHALB SUCHTE ICH DIE GANZE WOHNUNG NACH ETWAS VERDÄCHTIGEM AB, ALS DER MANN WEG WAR. DASS ICH NICHTS FAND, WAR ECHT GLÜCK IM UNGLÜCK.

DIE GEFÜHLE EINES HUNDES

KANN MIR DAS MAL JEMAND ERKLÄREN?

HITZEUNVERTRÄGLICHKEIT

ICH HABE NIE WIEDER EINE MÜTZE AUFGESETZT.

CARLSEN MANGA! CHECKLIST

BASTARD!!

von Kazushi Hagiwara
€ 6,– (D) / € 6,20 (A)
O Band 1 bis 24
€ 6,95 (D) / € 7,20 (A)
O Band 25 bis 27
Bislang 27 Bände in Japan

BATTLE ANGEL ALITA – LAST ORDER

von Yukito Kishiro
€ 6,95 (D) / € 7,20 (A)
O Band 16 & 17
€ 7,95 (D)/ € 8,10 (A)
O Band 18 & 19
Bislang 19 Bände in Japan

BEAUTIFUL DAYS

von Hiro Madarame
€ 7,95 (D) / € 8,20 (A)
O Beautiful Days

DER BESTE LIEBHABER

von Masara Minase
€ 5,95 (D) / € 6,20 (A)
O Band 1 & 2
€ 6,95 (D) / € 7,20 (A)
O Band 3 & 4
In 4 Bänden abgeschlossen

BILLY BAT

von Naoki Urasawa
& Takashi Nagasaki
€ 8,95 (D) / € 9,20 (A)
O Band 1 bis 11
O Band 12 11/15
Bislang 15 Bände in Japan

BLACK BUTLER

von Yana Toboso
€ 6,95 (D) / € 7,20 (A)
O Band 1 bis 19
€ 14,90 (D) / € 15,40 (A)
O Black Butler Character Guide
Bislang 20 Bände in Japan

BLACK BUTLER ARTWORKS

von Yana Toboso
€ 24,90 (D) / € 25,60 (A)
O Band 1

ASSASSINATION CLASSROOM

von Yusei Matsui
€ 5,95 (D) / € 6,20 (A)
O Band 1 bis 5
O Band 6 08/15
O Band 7 10/15
Bislang 14 Bände in Japan

ATTACK ON TITAN

von Hajime Isayama
€ 6,95 (D) / € 7,20 (A)
O Band 1 bis 8
O Band 9 08/15
O Band 10 10/15
Bislang 16 Bände in Japan
€ 9,95 (D) / € 10,20 (A)
O Band 10 im Schuber 10/15

ATTACK ON TITAN – SCHUBER

von Hajime Isayama
€ 36,– (D) / € 37,10 (A)
O Schuber inkl. Bd. 1-5
O Schuber inkl. Bd. 6-10 10/15

ATTACK ON TITAN – BEFORE THE FALL

von Hajime Isayama
€ 6,95 (D) / € 7,20 (A)
O Band 1 & 2
O Band 3 11/15
Bislang 5 Bände in Japan

ATTACK ON TITAN – INSIDE

von Hajime Isayama
€ 12,90 (D)/ € 13,30 (A)
O Band 1 11/15

ATTACK ON TITAN – NO REGRETS

von Hajime Isayama
€ 6,95 (D) / € 7,20 (A)
O Band 1
O Band 2 09/15
In 2 Bänden abgeschlossen

BARFUSS DURCH HIROSHIMA

von Keiji Nakazawa
€ 12,– (D) / € 12,40 (A)
O Band 1 bis 4
In 4 Bänden abgeschlossen

AKIRA – ORIGINAL EDITION

von Katsuhiro Otomo
€ 19,90 (D) / € 20,50 (A)
O Band 1 bis 6
In 6 Bänden abgeschlossen
€ 29,90 (D) / € 30,80 (A)
O Artbook »Akira Club«

ALISIK

von Helge Vogt
& Hubertus Rufledt
€ 7,99 (D) / € 8,30 (A)
O Band 1 bis 4
In 4 Bänden abgeschlossen

ALPHA²

von Kamineo & Kamoi
€ 7,95 (D) / € 8,20 (A)
O Alpha²

AND WE DO LOVE

von Kazumi Ohya
€ 6,95 (D) / € 7,20 (A)
O And we do love

ANGEL SANCTUARY

von Kaori Yuki
€ 30,– (D) / € 30,90 (A)
O Artbook »Angel Cage«
O Artbook »Lost Angel«

ANGEL SANCTUARY DELUXE
Hardcover Edition

von Kaori Yuki
€ 14,90 (D) / € 15,40 (A)
O Sammelband 1 bis 10
In 10 Bänden abgeschlossen

AREA D

von Yang Kyung-Il
& Kyouichi Nanatsuki
€ 6,95 (D) / € 7,20 (A)
O Band 1 bis 6
O Band 7 09/15
Bislang 10 Bände in Japan

ARISA

von Natsumi Ando
€ 5,95 (D) / € 6,20 (A)
O Band 1 bis 12
In 12 Bänden abgeschlossen

A KISS FROM THE DARK

von Nadine Büttner
& Michael Waaler
€ 5,95 (D) / € 6,20 (A)
O Band 1 bis 3
In 3 Bänden abgeschlossen

AB SOFORT DÄMONENKÖNIG!

von Tomo Takabayashi
& Temari Matsumoto
€ 5,95 (D) / € 6,20 (A)
O Band 1 bis 8
€ 6,95 (D) / € 7,20 (A)
O Band 9 bis 14
O Band 15 10/15
Bislang 16 Bände in Japan

ACID TOWN

von KYUGO
€ 7,95 (D) / € 8,20 (A)
O Band 1 bis 4
Bislang 4 Bände in Japan

ADOLF

von Osamu Tezuka
€ 12,– (D) / € 12,40 (A)
O Band 1 bis 5
In 5 Bänden abgeschlossen

AFRO SAMURAI

von Takashi Okazaki
€ 14,90 (D) / € 15,40 (A)
O Band 1 & 2
In 2 Bänden abgeschlossen

AION

von Yuna Kagesaki
€ 5,95 (D) / € 6,20 (A)
O Band 1 bis 11
In 11 Bänden abgeschlossen

CARLSEN MANGA! CHECKLIST

DEFENSE DEVIL
von Youn In-Wan
& Yang Kyung-Il
€ 5,95 (D) / € 6,20 (A)
O Band 1 bis 10
In 10 Bänden abgeschlossen

DELILAH'S MYSTERY
von Nam & Tram Nguyen
€ 6,– (D) / € 6,20 (A)
O Delilah's Mystery

DEMIAN-SYNDROM, DAS
von Mamiya Oki
€ 6,– (D) / € 6,20 (A)
O Band 3 bis 5
€ 6,95 (D) / € 7,20 (A)
O Band 6 & 7
Bislang 7 Bände in Japan

DESIRE
von Maki Kazumi
& Yukine Honami
€ 6,– (D) / € 6,20 (A)
O Desire

DEVIL FROM A FOREIGN LAND
von Kaori Yuki
€ 6,95 (D) / € 7,20 (A)
O Band 1 bis 6
In 6 Bänden abgeschlossen

DEVILS & REALIST
von Utako Yukihiro
& Madoka Takadono
€ 6,95 (D) / € 7,20 (A)
O Band 1 bis 7
O Band 8 09/15
Bislang 8 Bände in Japan

D.N.ANGEL
von Yukiru Sugisaki
€ 5,95 (D) / € 6,20 (A)
O Band 1 bis 15
Bislang 15 Bände in Japan

DOUBT
von Yoshiki Tonogai
€ 7,95 (D) / € 8,20 (A)
O Band 1 bis 3
€ 8,95 (D) / € 9,20 (A)
O Band 4
In 4 Bänden abgeschlossen

CHIBI (Fortsetzung)
O **RACCOON**
von Melanie Schober
O **STRIKE BACK**
von Olga Rogalski
O **TARITO FAIRYTALE**
von Detta Zimmermann
O **TODERNST**
von Stella Brandner
O **TURNOVER**
von Marika Paul
O **UMBRA**
von Natalia Zaitseva
O **WHITE PEARL**
von Nadine Büttner

CHOPPERMAN
von Hirofumi Takei
€ 4,95 (D) / € 5,10 (A)
O Chopperman
– Lehrer und Meister
von Hirofumi Takei
& Eiichiro Oda
O Chopperman:
Band 1 bis 4
In 5 Bänden abgeschlossen

CHOUCHIN
von Tina Lindhorst
€ 6,– (D) / € 6,20 (A)
O Chouchin

COOL AS YOU
von Kae Maruya
€ 6,95 (D) / € 7,20 (A)
O Band 2
€ 7,95 (D) / € 8,20 (A)
O Band 3
In 3 Bänden abgeschlossen

CRIMSON SHELL
von Jun Mochizuki
€ 6,95 (D) / € 7,20 (A)
O Crimson Shell

DAWN OF ARCANA
von Rei Toma
€ 5,95 (D) / € 6,20 (A)
O Band 1 bis 13
In 13 Bänden abgeschlossen

CALLING
von Kano Miyamoto
€ 6,95 (D) / € 7,20 (A)
O Band 1 bis 3
In 3 Bänden abgeschlossen

CHEEKY VAMPIRE
von Yuna Kagesaki
€ 5,95 (D) / € 6,20 (A)
O Band 1 bis 14
In 14 Bänden abgeschlossen
O Cheeky Vampire
– Airmail

CHEEKY VAMPIRE X AION: KA-NON
von Yuna Kagesaki
€ 5,95 (D) / € 6,20 (A)
O Cheeky Vampire
X Aion: Ka-Non

CHERRY LIPS
von Milk Morinaga
€ 6,95 (D) / € 7,20 (A)
O Band 1 & 2

CHIBI
€ 1,95 (D) / € 2,- (A)
O **ALADINS ERBIN**
von Eva Schmitt
& Janine Winter
O **BLOOD HOUND SPECIAL**
von Kaori Yuki
O **DANCING KING**
von Carla Miller
& Isabelle Metzen
O **DIE SPUR**
von Hellen Aerni
O **DRACHENSCHNEE**
von Franziska Steffen
& Tina Lindhorst
O **E-MOTIONAL**
von Martina Peters
O **GEEKS**
von Michael Rühle
O **KENSEI**
von Christian Pick
O **KENTARO**
von Kim Liersch
O **LEGACY OF THE OCEAN**
von Marika Herzog
O **LUXUS**
von Judith Park
O **MAD MATIC**
von Akira Toriyama
O **MAKE A DATE**
von Alexandra Völker
O **MASTERMINDS**
von Jeffrey Gold
O **PAPAYA**
von Reinhard Tent

BLACK LAGOON
von Rei Hiroe
€ 6,95 (D) / € 7,20 (A)
O Band 1 bis 8, 10
€ 7,95 (D) / € 8,20 (A)
O Band 9
Bislang 10 Bände in Japan

BLAST OF TEMPEST
von Ren Saizaki,
Kyo Shirodaira
& Arihide Sano
€ 7,95 (D) / € 8,20 (A)
O Band 1 bis 5
€ 8,95 (D) / 9,20 (A)
O Band 6 bis 7
O Band 8 08/15
O Band 9 10/15
Bislang 10 Bände in Japan

BLOOD HOUND DELUXE
von Kaori Yuki
€ 12,90 (D) / € 13,30 (A)
O Blood Hound Deluxe (HC)

BORDER
von Kazuma Kodaka
€ 6,95 (D) / € 7,20 (A)
O Band 1 bis 5
Bislang 5 Bände in Japan

BRONZE – THE LAST CHAPTER
von Minami Ozaki
€ 6,95 (D) / € 7,20 (A)
O Bronze – The Last Chapter

BUDDHA
von Osamu Tezuka
€ 22,90 (D) / € 23,60 (A)
O Band 1 bis 10
In 10 Bänden abgeschlossen

BUSTER KEEL
von Kenshiro Sakamato
€ 5,95 (D) / € 6,20 (A)
O Band 1 bis 10
O Band 11 09/15
O Band 12 11/15
In 12 Bänden abgeschlossen

CARLSEN MANGA! CHECKLIST

HE'S MY VAMPIRE
von Aya Shouoto
€ 6,95 (D) / € 7,20 (A)
O Band 1 bis 9
O Band 10 11/15
Bislang 10 Bände in Japan

HIDDEN FLOWER
von Shoko Hidaka
€ 6,95 (D) / € 7,20 (A)
O Band 1 & 2
€ 7,95 (D) / € 8,20 (A)
O Band 3 & 4
Bislang 4 Bände in Japan

HIGHSCHOOL OF THE DEAD
von Daisuke Sato & Shouji Sato
€ 6,95 (D) / € 7,20 (A)
O Band 1 bis 7
Bislang 7 Bände in Japan

HIGHSCHOOL OF THE DEAD – FULL COLOR EDITION
von Daisuke Sato
€ 17,90 (D) / € 18,40 (A)
O Band 1 bis 7
Bislang 7 Bände in Japan

HIGHSCHOOL OF THE HEAD
von Daisuke Sato & Shouji Sato
€ 6,95 (D) / € 7,20 (A)
O Highschool of the Head

HOT DOG
von Kazusa Takashima
€ 7,95 (D) / € 8,20 (A)
O Hot Dog 10/15

HOW TO COSPLAY
Verwandle dich in deinen Lieblingscharakter
€ 19,90 (D) / € 20,50 (A)
O How to Cosplay

GELIEBTER FREUND
von Shoko Hidaka
€ 5,95 (D) / € 6,20 (A)
O Geliebter Freund

GHOST TOWER
von Taro Nogizaka
€ 7,95 (D) / € 8,20 (A)
O Band 1 07/15
O Band 2 10/15

GLANZ DER STERNE
von Rei Toma
€ 5,95 (D) / € 6,20 (A)
O Glanz der Sterne

GOFORIT
von Christina Plaka
€ 6,95 (D) / € 7,20 (A)
O Band 1 08/15
In 2 Bänden abgeschlossen

GON
von Masashi Tanaka
€ 5,95 (D) / € 6,20 (A)
O Band 1, 3 bis 7
In 7 Bänden abgeschlossen

GORGEOUS CARAT GALAXY
von You Higuri
€ 7,50 (D) / € 7,80 (A)
O Gorgeous Carat Galaxy

GORGEOUS CARAT – LA ESPERANZA
von You Higuri
€ 6,95 (D) / € 7,20 (A)
O Band 1 & 2
In 2 Bänden abgeschlossen

GREEN BLOOD
von Masasumi Kakizaki
€ 7,95 (D) / € 8,20 (A)
O Band 1 bis 3
O Band 4 10/15
In 5 Bänden abgeschlossen

HAUCH DER LEIDENSCHAFT
von Masara Minase
€ 5,95 (D) / € 6,20 (A)
O Hauch der Leidenschaft

FAIRY CUBE
von Kaori Yuki
€ 6,– (D) / € 6,20 (A)
O Band 1 & 3
In 3 Bänden abgeschlossen

FAIRY TAIL
von Hiro Mashima
€ 5,95 (D) / € 6,20 (A)
O Band 1 bis 39
O Band 40 09/15
O Band 41 11/15
Bislang 45 Bände in Japan
€ 19,95 (D) / € 20,60 (A)
O Fantasia Artbook

FEED ME POISON
von Evelyne Bösch
€ 5,95 (D) / € 6,20 (A)
O Feed me Poison

FESSELN DES VERRATS
von Hotaru Odagiri
€ 6,– (D) / € 6,20 (A)
O Band 1 bis 3
€ 5,95 (D) / € 6,20 (A)
O Band 4 bis 8
€ 6,95 (D) / € 7,20 (A)
O Band 9 bis 12
Bislang 12 Bände in Japan

FURIOUS LOVE
von Kazuo Kamimura
€ 14,90 (D) / € 15,40 (A)
O Band 1 bis 3
In 3 Bänden abgeschlossen

GANGSTA.
von Kohske
€ 7,95 (D) / € 8,20 (A)
O Band 1 09/15
Bislang 6 Bände in Japan

GEGEN DEN STROM
von Yoshihiro Tatsumi
€ 44,– (D) / € 44,60 (A)
O Gegen den Strom

GELIEBTER AFFE
von Yoshihiro Tatsumi
€ 19,90 (D) / € 20,50 (A)
O Geliebter Affe

DRAGON BALL
von Akira Toriyama
€ 5,95 (D) / € 6,20 (A)
O Band 1-42
In 42 Bänden abgeschlossen

DRAGON BALL GT
von Akira Toriyama
€ 6,– (D) / € 6,20 (A)
O Band 1 & 2
In 3 Bänden abgeschlossen

DRAGON BALL Z
von Akira Toriyama
€ 6,– (D) / € 6,20 (A)
O Band 10
€ 7,– (D) / € 7,20 (A)
O Band 5
In 15 Bänden abgeschlossen

DRAGON GIRLS
von Yuji Shiozaki
€ 10,– (D) / € 10,30 (A)
O Band 2-3, 5-6, 10-12
€ 12,– (D) / € 12,40 (A)
O Band 13 bis 20
Bislang 21 Bände in Japan

DRANG DER HERZEN
von Ren Kitakami
€ 5,95 (D) / € 6,20 (A)
O Drang der Herzen

DYSTOPIA
von Judith Park
€ 6,– (D) / € 6,20 (A)
O Dystopia

EINFACH NUR S UND ABSOLUT M!
von Rei Toma
€ 5,95 (D) / € 6,20 (A)
O Einfach nur S und absolut M!

EXISTENZEN UND ANDERE ABGRÜNDE
von Yoshihiro Tatsumi
€ 19,90 (D) / € 20,50 (A)
O Existenzen und andere Abgründe

CARLSEN MANGA! CHECKLIST

K-ON! HIGHSCHOOL

von kakifly
€ 7,95 (D) / € 8,20 (A)
O K-ON! Highschool

LADY SNOWBLOOD

von Kazuo Koike
& Kazuo Kamimura
€ 14,90 (D) / € 15,40 (A)
O Lady Snowblood: Extra

LIEBER LEHRER...

von Yaya Sakuragi
€ 6,– (D) / € 6,20 (A)
O Lieber Lehrer ...

LILIENTOD

von Anne Delseit
& Martina Peters
€ 5,95 (D) / € 6,20 (A)
O Lilientod
O Lilientod – Rosenkönig
O Lilientod
– Vergissmeinnicht
In 3 Bänden abgeschlossen

LOST CTRL

von Evelyne Bösch
€ 6,95 (D) / € 7,20 (A)
O Band 1 & 2
In 2 Bänden abgeschlossen

LOVE CONTRACT

von Kae Maruya
€ 6,– (D) / € 6,20 (A)
O Love Contract

LOVE HOUR

von Kazumi Ohya
€ 6,95 (D) / € 7,20 (A)
O Love Hour

LOVE INCANTATION

von Kazumi Ohya
€ 6,95 (D) / € 7,20 (A)
O Love Incantation

LOVER'S POSITION

von Masara Minase
€ 5,95 (D) / € 6,20 (A)
O Lover's Position

KIMI HE – WORTE AN DICH

von Christina Plaka
€ 12,90 (D) / € 13,30 (A)
O Kimi He
– Worte an Dich

KIRIHITO

von Osamu Tezuka
€ 16,90 (D) / € 17,40 (A)
O Band 1 bis 3
In 3 Bänden abgeschlossen

KISS & HUG

von Kaco Mitsuki
€ 5,95 (D) / € 6,20 (A)
O Band 1 bis 3
In 3 Bänden abgeschlossen

KISS OF ROSE PRINCESS

von Aya Shouoto
€ 6,95 (D) / € 7,20 (A)
O Band 1 bis 9
In 9 Bänden abgeschlossen

KITCHEN PRINCESS

von Natsumi Ando
& Miyuki Kobayashi
€ 5,95 (D) / € 6,20 (A)
O Band 1
O Band 2 10/15
In 10 Bänden abgeschlossen

KLEINE KATZE CHI

von Konami Kanata
€ 9,95 (D) / € 10,30 (A)
O Band 1 bis 6
O Band 7 011/15
In 12 Bänden abgeschlossen

K-ON!

von kakifly
€ 7,95 (D) / € 8,20 (A)
O Band 1 bis 4
In 4 Bänden abgeschlossen

K-ON! COLLEGE

von kakifly
€ 7,95 (D) / € 8,20 (A)
O K-ON! College

INTERVIEW MIT EINEM VAMPIR – CLAUDIAS STORY

von Anne Rice
€ 19,90 (D) / € 20,50 (A)
O Band 1

JAPANISCH FÜR MANGA-FANS

von Thora Kerner
& Jin Baron
€ 14,90 (D) / € 15,40 (A)
O Sammelband

JUDGE

von Yoshiki Tonogai
€ 7,95 (D) / € 8,20 (A)
O Band 1 bis 5
€ 8,95 (D) / € 9,20 (A)
O Band 6
In 6 Bänden abgeschlossen

JUICY CIDER

von Rize Shinba
€ 5,95 (D) / € 6,20 (A)
O Juicy Cider

JUNJO ROMANTICA

von Shungiku Nakamura
€ 6,95 (D)/€ 7,20 (A)
O Band 1 bis 17
Bislang 17 Bände in Japan

KIGURUMI PLANET

von Ellie Mamahara
€ 6,95 (D) / € 7,20 (A)
O Band 1 & 2
In 2 Bänden abgeschlossen

KILLING IAGO

von Zofia Garden
€ 6,– (D) / € 6,20 (A)
O Band 1
€ 5,95 (D) / € 6,20 (A)
O Band 2 & 3
In 3 Bänden abgeschlossen

KIMBA, DER WEISSE LÖWE

von Osamu Tezuka
€ 19,90 (D) / € 20,50 (A)
O Band 1 & 2 (HC)
In 2 Bänden abgeschlossen

HOW TO DRAW MANGA

von Hikaru Hayashi u. A.
€ 9,95 (D) / € 10,30 (A)
O Lebendige Manga
Charaktere
€ 16,90 (D) / € 17,40 (A)
O Hübsche Mädchen
im Manga
O Ninja und
Samurai
O Monster
und Dämonen
€ 17,90 (D) / € 18,40 (A)
O Manga-Skizzen
zeichnen
O Perfekte Proportionen
im Manga
O Manga-Figuren
entwickeln
O Manga in der
dritten Dimension
O Süße Jungs im Manga
O Ausdrucksstarke
Skizzen im Manga
O Grundlagen der
Manga-Kunst
O Manga aus der
richtigen Perspektive
€ 19,90 (D) / € 20,50 (A)
O Von Accessoires
bis Zubehör
O Manga-Figuren in
dynamischen Posen
O Oberflächen
und Strukturen
€ 24,90 (D) / € 25,60 (A)
O Manga-Geschichten
entwickeln

HYBRID CHILD

von Shungiku Nakamura
€ 6,95 (D) / € 7,20 (A)
O Hybrid Child

I AM A HERO

von Kengo Hanazawa
€ 7,95 (D) / € 8,20 (A)
O Band 1 bis 12
O Band 13 08/15
Bislang 16 Bände in Japan

ICH HASSE IHN

von Masara Minase
€ 6,95 (D) / € 7,20 (A)
O Ich hasse ihn

IKIGAMI – DER TODESBOTE

von Motoru Manase
€ 7,95 (D) / € 8,20 (A)
O Band 1 bis 9
In 10 Bänden abgeschlossen

CARLSEN MANGA! CHECKLIST

NARUTO (Nippon Novel)

von Masashi Kishimoto
& Masatoshi Kusakabe
€ 7,95 (D) / € 8,20 (A)
O Unsch. Herz, blutr. Dämon
von Masashi Kishimoto
& Akira Higashiyama
O Die Gesch. e. unb. Ninja
O Blood Prison –
Die Rückkehr des Helden
von Masatoshi Kusakabe
& Akira Higashiyama
O Jinraiden – Das Heulen
des Wolfes
von Akira Higashiyama &
Masashi Kishimoto

NAUSICAÄ AUS DEM TAL DER WINDE

von Hayao Miyazaki
€ 12,– (D) / € 12,40 (A)
O Band 1 bis 6
€ 16,– (D) / € 16,50 (A)
O Band 7
In 7 Bänden abgeschlossen

NEON GENESIS EVANGELION

von Gainax
& Yoshiyuki Sadamoto
€ 6,95 (D)/€ 7,20 (A)
O Band 1 bis 14
In 14 Bänden abgeshlossen

NINJA! HINTER DEN SCHATTEN

von Baron Malte
& Miyuki Tsuji
€ 5,95 (D) / € 6,20 (A)
O Band 1 & 2
In 2 Bänden abgeschlossen

NOBLE CONTRACT

von Kae Maruya
€ 6,95 (D) / € 7,20 (A)
O Noble Contract

ODESSA TWINS – SACRIFICE

von Twintime,
Stefan Brönneke
& Tamasaburo
€ 5,95 (D) / € 6,20 (A)
O Odessa Twins
–Sacrifice

MONSTER HUNTER ORAGE

von Hiro Mashima
€ 5,95 (D) / € 6,20 (A)
O Band 1 bis 4
In 4 Bänden abgeschlossen

MONSTER SOUL

von Hiro Mashima
€ 5,95 (D) / € 6,20 (A)
O Band 1 & 2
In 2 Bänden abgeschlossen

MYSTERIOUS HONEY

von Rei Toma
€ 5,95 (D) / € 6,20 (A)
O Band 1 & 2
In 2 Bänden abgeschlossen

NARUTO

von Masashi Kishimoto
€ 5,95 (D) / € 6,20 (A)
O Band 1 bis 68
O Band 69 09/15
Bislang 70 Bände in Japan
€ 8,– (D) / € 8,30 (A)
O Naruto:
Die Schriften des Hyo
€ 8,95 (D) / € 9,20 (A)
O Naruto:
Die Schriften des Rin
O Naruto:
Die Schriften des Tō
€ 9,95 (D) / € 10,30 (A)
O Naruto:
Die Schriften des Sha
€ 19,95 (D) / € 20,60 (A)
O Artbook »Uzumaki«
O Artbook »Naruto«

NARUTO – GEHEIMMISSION IM LAND DES EWIGEN SCHNEES

von Masashi Kishimoto
& JUMP Comics
€ 7,95 (D) / € 8,20 (A)
O Band 1 & 2

NARUTO – THE MOVIE: DIE LEGENDE DES STEINS GELEL

von Masashi Kishimoto
€ 7,95 (D) / € 8,20 (A)
O Band 1 08/15
O Band 2 11/15
In 2 Bänden abgeschlossen

MARCH STORY

von Kim Hyung Min
& Yang Kyung-Il
€ 6,95 (D) / € 7,20 (A)
O Band 1 bis 5
In 5 Bänden abgeschlossen

MASHIMA-EN

von Hiro Mashima
€ 6,95 (D) / € 7,20 (A)
O Band 1 & 2
In 2 Bänden abgeschlossen

MELANCHOLISCHER MORGEN, EIN

von Shoko Hidaka
€ 6,95 (D) / € 7,20 (A)
O Band 1 & 2
€ 7,95 (D) / € 8,20 (A)
O Band 3 bis 5
Bislang 5 Bände in Japan

MILLION GIRL

von Kotori Momoyuki
€ 5,95 (D) / € 6,20 (A)
O Band 1 bis 3
In 3 Bänden abgeschlossen

MIMIC ROYAL PRINCESS

von Utako Yukihiro
& Zenko Musashino
€ 6,95 (D) / € 7,20 (A)
O Band 1 & 2
O Band 3 12/15
Bislang 3 Bände in Japan

MIRI MASSGESCHNEIDERT (Nippon Novel)

von Renate Kaiser
€ 7,95 (D) / € 8,20 (A)
O Miri maßgeschneidert

MISHONEN PRODUCE

von Kaoru Ichinose
€ 5,95 (D) / € 6,20 (A)
O Band 1 bis 4
In 4 Bänden abgeschlossen

MONSTER HUNTER FLASH HUNTER

von Keiichi Hikami
& Shin Yamamoto
€ 6,95 (D) / € 7,20 (A)
O Band 1 bis 7
O Band 8 10/15
Bislang 10 Bände in Japan

LUDWIG REVOLUTION

von Kaori Yuki
€ 6,– (D) / € 6,20 (A)
O Band 1, 2 & 4
In 4 Bänden abgeschlossen

MAGIC KNIGHT RAYEARTH (Sammelband)

von CLAMP
€ 9,95 (D) / € 10,30 (A)
O Sammelband 1 & 2
In 2 Bänden abgeschlossen

MAID-SAMA

von Hiro Fujiwara
€ 5,95 (D) / € 6,20 (A)
O Band 1 bis 18
In 18 Bänden abgeschlossen

MANGA LOVE STORY

von Katsu Aki
€ 6,95 (D) / € 7,20 (A)
O Band 1-8, 10-21,
23 - 25, 27, 29-59
O Band 60 09/15
Bislang 61 Bände in Japan

MANGA LOVE STORY FOR LADIES

von Katsu Aki
€ 6,95 (D) / € 7,20 (A)
O Band 1 & 2
In 2 Bänden abgeschlossen
€ 16,– (D) / € 16,50 (A)
O Artbook »Yura Yura«

MANGA-ZEICHENSTUDIO

von Kaneda Koubou
€ 19,90 (D) / € 20,50 (A)
O Hände und Füße
O Gesichter und
Emotionen
O Manga Master Book
09/15

MANHOLE

von Tetsuya Tsutsui
€ 7,95 (D) / € 8,20 (A)
O Band 1 bis 3
In 3 Bänden abgeschlossen

MANN OHNE LIEBE

von Kano Miyamoto
€ 6,95 (D) / € 7,20 (A)
O Mann ohne Liebe

CARLSEN MANGA! CHECKLIST

PUELLA MAGI ORIKO MAGICA
von Magica Quartet/ Kuroe Mura
€ 5,95 (D) / € 6,20 (A)
O Band 1 & 2
In 2 Bänden abgeschlossen

REGELN DER LIEBE
von Ren Kitakami
€ 5,95 (D) / € 6,20 (A)
O Regeln der Liebe

ROCK LEE
von Kenshi Taira
€ 4,95 (D) / € 5,10 (A)
O Band 1 bis 6
In 7 Bänden abgeschlossen

ROYAL LIP SERVICE
von Marika Paul
€ 6,95 (D) / € 7,20 (A)
O Royal Lip Service
O Royal Lip Service Solitude
O Royal Lip Service Symphony
In 3 Bänden abgeschlossen

RUST BLASTER
von Yana Toboso
€ 7,95 (D) / € 8,20 (A)
O Rust Blaster

SCHATTENARIE
von Zofia Garden & Anne Delseit
€ 6,95 (D) / € 7,20 (A)
O Band 1
O Band 2 10/15
In 2 Bänden abgeschlossen

SCHNEEBALLENS FALL
von Inga Steinmetz
€ 12,- (D) / € 12,40 (A)
O Band 1 11/15

SCHOKOHEXE, DIE
von Rino Mizuho
€ 5,95 (D) / € 6,20 (A)
O Band 1 bis 8
O Band 9 09/15
Bislang 11 Bände in Japan

PERFUME MASTER
von Kaori Yuki
€ 10,- (D) / € 10,30 (A)
O Perfume Master

PERSONAL PARADISE
von Melanie Schober
€ 6,- (D) / € 6,20 (A)
O P.P. – Miss Misery
€ 5,95 (D) / € 6,20 (A)
O P.P. – Assassin Angel
O P.P. – Killer Kid I

PIL
von Mari Yamazaki
€ 16,90 (D) / € 17,40 (A)
O Pil

PIRAT GESUCHT!
von Matsuri Hino
€ 6,- (D) / € 6,20 (A)
O Pirat gesucht!

PLUTO: URASAWA X TEZUKA
von Tezuka, Urasawa & Nagasaki
€ 12,90 (D) / € 13,30 (A)
O Band 1 bis 7
€ 16,90 (D) / € 17,40 (A)
O Band 8
In 8 Bänden abgeschlossen

PROPHECY
von Tetsuya Tsutsui
€ 7,95 (D) / € 8,20 (A)
• Band 1 bis 3
In 3 Bänden abgeschlossen

PUELLA MAGI KAZUMI MAGICA
von Magica Quartet/ Takashi Tensugi/ Masaki Hiramatsu
€ 5,95 (D) / € 6,20 (A)
O Band 1 bis 5
In 5 Bänden abgeschlossen

PUELLA MAGI MADOKA MAGICA
von Magica Quartet/ Hanokage
€ 5,95 (D) / € 6,20 (A)
O Band 1 bis 3
In 3 Bänden abgeschlossen

ONLY THE RING FINGER KNOWS
von Satoru Kannagi & Hotaru Odagiri
€ 6,- (D) / € 6,20 (A)
O Only the Ring Finger Knows

ONLY THE RING FINGER KNOWS (Nippon Novel)
von Satoru Kannagi & Hotaru Odagiri
€ 7,95 (D) / € 8,20 (A)
O Band 1, 3
€ 8,95 (D) / € 9,20 (A)
O Band 5
In 5 Bänden abgeschlossen

OPUS
von Satoshi Kon
€ 14,90 (D) / € 15,40 (A)
O Band 1 & 2
In 2 Bänden abgeschlossen

OTOMEN
von Aya Kanno
€ 5,95 (D) / € 6,20 (A)
O Band 1 bis 9
€ 6,95 (D) / € 7,20 (A)
O Band 10 bis 17
In 18 Bänden abgeschlossen

OUSAMA GAME – SPIEL ODER STIRB!
von Renda/Kanazawa
€ 6,95 (D) / € 7,20 (A)
O Band 1 bis 5
In 5 Bänden abgeschlossen

OUSAMA GAME EXTREME
von Kanazawa/Kuriyama
€ 6,95 (D) / € 7,20 (A)
O Band 1 08/15
O Band 2 11/15
In 5 Bänden abgeschlossen

PANDORA HEARTS
von Jun Mochizuki
€ 6,95 (D) / € 7,20 (A)
O Band 1 bis 21
O Band 22 08/15
Bislang 24 Bände in Japan

OLD BOY
von Tsuchiya Garon & Minegishi Nobuaki
€ 12,- (D) / € 12,40 (A)
O Band 1 bis 4
In 4 Bänden abgeschlossen

ONE PIECE
von Eiichiro Oda
€ 5,95 (D) / € 6,20 (A)
O Band 1 bis 74
O Band 75 08/15
O Band 76 10/15
Bislang 77 Bände in Japan
€ 8,95 (D) / € 9,20 (A)
O One Piece Red & One Piece Blue
€ 9,95 (D) / € 10,30 (A)
O One Piece Blue Deep
O One Piece Yellow
€ 12,95 (D) / € 13,40 (A)
O One Piece Green
€ 19,95 (D) / € 20,60 (A)
O Artbook »Color Walk 2«

ONE PIECE: CHOPPER UND DAS WUNDER DER WINTERKIRSCHBLÜTE
von Eiichiro Oda und Jump Comics & JUMP Comics
€ 7,95 (D) / € 8,20 (A)
O Band 1 & 2

ONE PIECE STRONG WORLD
von Eiichiro Oda
€ 9,95 (D) / € 10,30 (A)
O Band 1 & 2
In 2 Bänden abgeschlossen

ONE PIECE (Nippon Novel)
von Eiichiro Oda & Tatsuya Hamazaki
€ 6,95 (D) / € 7,20 (A)
O One Piece – Nieder mit Ganzack!

ONE PIECE Z
von Eiichiro Oda
€ 9,95 (D) / € 10,20 (A)
O Band 1
O Band 2 10/15

CARLSEN MANGA! CHECKLIST

SUPER DARLING!
von Aya Shouoto
€ 6,95 (D) / € 7,20 (A)
O Band 1 & 2
In 2 Bänden abgeschlossen

SUMMER WARS
von Mamoru Hosoda & Iqura Sugimoto
€ 6,95 (D) / € 7,20 (A)
O Band 1 bis 3
In 3 Bänden abgeschlossen

TANIGUCHI, JIRO
von Jiro Taniguchi
€ 14,- (D) / € 14,40 (A)
O Träume von Glück
€ 14,90 (D) / € 15,40 (A)
O Der Himmel ist blau, die Erde ist weiß - Bd. 1
O Der spazierende Mann
O Der Gourmet
€ 16,- (D) / € 16,50 (A)
O Der Kartograph
O Der Himmel ist blau, die Erde ist weiß - Bd. 2
O Ein Zoo im Winter
O Von der Natur des Menschen
€ 16,90 (D) / € 17,40 (A)
O Die Sicht der Dinge
€ 19,90 (D) / € 20,50 (A)
O Vertraute Fremde
€ 12,- (D) / € 12,40 (A)
O Der geheime Garten v. Nakano Broadway
€ 29,90 (D) / € 30,80 (A)
O Die Wächter des Louvre

TEMPEST CURSE
von Martina Peters
€ 6,95 (D) / € 7,20 (A)
O Band 1 & 2
O Band 3 10/15
In 3 Bänden abeschlossen

THE BOOK OF LIST - GRIMM'S MAGICAL ITEMS
von Izuco Fujiya
€ 6,95 (D)/€ 7,20 (A)
O Band 1 & 2
O Band 3 08/15
O Band 4 11/15
In 6 Bänden abeschlossen

THE DEMON PRINCE
von Aya Shouoto
€ 6,95 (D) / € 7,20 (A)
O Band 1
O Band 2 10/15
Bislang 5 Bände in Japan

SOUL EATER GUIDE BOOK
von Atsushi Ohkubo
€ 8,95 (D) / € 9,20 (A)
O Soul Eater Guide Book

SOUL EATER SOUL ART
von Atsushi Ohkubo
€ 24,90 (D) / € 25,60 (A)
O Soul Eater Soul Art

SOULLESS
von Gail Carriger/REM
€ 14,90 (D) / € 15,40 (A)
O Band 1 bis 3
In 3 Bänden abgeschlossen

SPIEL VON KATZ UND MAUS, DAS
von Setona Mizushiro
€ 5,95 (D) / € 6,20 (A)
O Band 1
In 2 Bänden abgeschlossen

SPRITE
von Yugo Ishikawa
€ 7,95 (D) / € 8,20 (A)
O Band 1 bis 6
O Band 7 08/15
O Band 8 11/15
Bislang 14 Bände in Japan

STERNBILDER DER LIEBE
von Chisako Sakuragi & Yukine Honami
€ 7,50 (D) / € 7,80 (A)
O Sternbilder der Liebe

STRAY LOVE HEARTS
von Aya Shouoto
€ 6,95 (D) / € 7,20 (A)
O Band 1 bis 5
In 5 Bänden abgeschlossen

SÜSSE VERSUCHUNG
von Mio Ayukawa
€ 6,95 (D) / € 7,20 (A)
O Band 1 & 2
In 2 Bänden abgeschlossen

SHINANOGAWA
von Hideo Okazaki & Kazuo Kamimura
€ 12,90 (D) / € 13,30 (A)
O Band 1 & 2
In 2 Bänden abgeschlossen

SIGNAL RED BABY
von Ren Kitakami
€ 5,95 (D) / € 6,20 (A)
O Signal Red Baby

SKIP BEAT!
von Yoshiki Nakamura
€ 5,95 (D) / € 6,20 (A)
O Band 1 bis 31
O Band 32 09/15
Bislang 36 Bände in Japan

SKULL PARTY
von Melanie Schober
€ 6,95 (D) / € 7,20 (A)
O Band 1 bis 3
O Band 4 11/15
In 4 Bänden abgeschlossen

SLEEPING MOON
von Kano Miyamoto
€ 6,95 (D) / € 7,20 (A)
O Band 1
€ 7,95 (D) / € 8,20 (A)
O Band 2
In 2 Bänden abgeschlossen

SONATE DES SCHICKSALS
von Kaoru Ichinose
€ 5,95 (D)/€ 6,20 (A)
O Son. d. Schicksals

SOUL EATER
von Atsushi Ohkubo
€ 5,95 (D) / € 6,20 (A)
O Band 1 bis 25
In 25 Bänden abgeschlossen

SOUL EATER NOT!
von Atsushi Ohkubo
€ 6,95 (D) / € 8,95 (A)
O Band 1 bis 4
O Band 5 11/15
In 5 Bänden abgeschlossen

SECRET CONTRACT
von Shinobu Gotoh & Kae Maruya
€ 5,95 (D) / € 6,20 (A)
O Secret Contract

SECRET SERVICE
von Cocoa Fujiwara
€ 6,95 (D) / € 7,20 (A)
O Band 1 bis 10
O Band 11 10/15
In 11 Bänden abgeschlossen

SEHNSUCHT NACH IHM
von Ren Kitakami
€ 5,95 (D) / € 6,20 (A)
O Sehnsucht nach ihm

SEHNSUCHTSSPLITTER
von Ako Shimaki
€ 5,95 (D) / € 6,20 (A)
O Sehnsuchtssplitter

SEHR WOHL - MAID IN LOVE
von Rei Toma
€ 5,95 (D) / € 6,20 (A)
O Sehr wohl - Maid in Love

SEKAIICHI HATSUKOI
von Shungiku Nakamura
€ 6,95 (D) / € 7,20 (A)
O Band 1 bis 8
Bislang 9 Bände in Japan

SEVEN DEADLY SINS
von Suzuki Nakaba
€ 5,95 (D) / € 6,20 (A)
O Band 1 & 2
O Band 3 08/15
O Band 4 10/15
Bislang 14 Bände in Japan

SHAMAN KING
von Hiroyuki Takei
€ 5,- (D) / € 5,20 (A)
O Bd. 5-11, 13, 17-18, 20, 23, 25-26, 31
In 32 Bänden abgeschlossen

CARLSEN MANGA! CHECKLIST

WIR BEIDE!

von Milk Morinaga
€ 6,95 (D) / € 7,20 (A)
O Band 1 bis 5
In 5 Bänden abgeschlossen

WISH – SAMMELBAND-EDITION

von CLAMP
€ 9,95 (D) / € 10,30 (A)
O Band 1 & 2
In 2 Bänden abgeschlossen

WUNDERBARE LEBEN DES SUMITO KAYASHIMA, DAS

von Mamahara/Tono
€ 6,95 (D) / € 7,20 (A)
O Band 1 bis 3
In 3 Bänden abeschlossen

Y SQUARE

von Judith Park
€ 6,– (D) / € 6,20 (A)
O Y Square Plus

YAMADA-KUN AND THE SEVEN WITCHES

von CLAMP
€ 5,95 (D)/€ 6,20 (A)
O Band 1 bis 7
O Band 8 [09/15]
O Band 9 [11/15]
Bislang 16 Bände in Japan

YOU & ME, ETC.

von Kyugo
€ 7,95 (D)/€ 8,20 (A)
O You & me, etc.

YU-GI-OH!

von Kazuki Takahashi
€ 5,– (D) / € 5,20 (A)
O Band 2,3,5,8,28
In 38 Bänden abgeschlossen

ZEUS COLLECTION

von You Higuri
€ 9,95 (D) / € 10,30 (A)
O Zeus Collection

VAMPIRE KNIGHT (Nippon Novel)

von Matsuri Hino
& Ayuna Fujisaki
€ 7,95 (D) / € 8,20 (A)
O Band 1 bis 3

VANILLA STAR

von Kano Miyamoto
€ 6,95 (D) / € 7,20 (A)
O Vanilla Star

VENUS VERSUS VIRUS

von Atsushi Suzumi
€ 6,95 (D) / € 7,20 (A)
O Band 1 bis 8
In 8 Bänden abgeschlossen

VINLAND SAGA

von Makoto Yukimura
€ 7,95 (D) / € 8,20 (A)
O Band 1 bis 12
O Band 13 [10/15]
Bislang 15 Bände in Japan

WANTED!

von Eiichiro Oda
€ 5,95 (D) / € 6,20 (A)
O Wanted!

WAS ZUM NASCHEN!

von Yaya Sakuragi
€ 6,– (D) / € 6,20 (A)
O Was zum Naschen!

WELCOME TO THE N.H.K

von Kendi Oiwa
& Tatsuhiko Takimoto
€ 7,50 (D) / € 7,80 (A)
O Band 2 bis 8
In 8 Bänden abgeschlossen

WET MOON

von Atsushi Kaneko
€ 19,90 (D) / € 20,50 (A)
O Band 1 [08/15]
In 3 Bänden abgeschlossen

WIR! JETZT! HIER!

von Akira Nikata
€ 6,95 (D) / € 7,20 (A)
O Wir! Jetzt! Hier!

TWILIGHT: BIS(S) ZUM MORGENGRAUEN – DER COMIC

von Stephenie Meyer
& Kim Young
€ 14,90 (D) / € 15,40 (A)
O Band 1 & 2 (HC)

TWILIGHT: BIS(S) ZUR MITTAGSSTUNDE – DER COMIC

von Stephenie Meyer
& Kim Young
€ 14,90 (D) / € 15,40 (A)
O Band 1

TWINKLE STARS

von Natsuki Takaya
€ 5,95 (D) / € 6,20 (A)
O Band 1 bis 11
In 11 Bänden abgeschlossen

UZUMAKI

von Junji Ito
€ 7,95 (D) /€ 8,20 (A)
O Band 1 & 2
€ 8,95 (D) / € 9,20 (A)
O Band 3
In 3 Bänden abgeschlossen

UNDENIABLE

von Kyugo
€ 7,95 (D) /€ 8,20 (A)
O Undeniable

VAMPIRE HUNTER D

von Hideyuki Kikuchi
& Saiko Takano
€ 7,50 (D) / € 7,80 (A)
O Band 1
€ 8,95 (D) / € 9,20 (A)
O Band 2, 6, 7
€ 7,95 (D) / € 8,20 (A)
O Band 3 bis 5
Bislang 7 Bände in Japan

VAMPIRE KNIGHT

von Matsuri Hino
€ 6,– (D) / € 6,20 (A)
O Band 5
€ 5,95 (D) / € 6,20 (A)
O Band 1 bis 4, 6 bis 19
In 19 Bänden abgeschlossen
€ 7,95 (D) / € 8,20 (A)
O Vampire Knight: X (Official Fan Book)
€ 19,95 (D) / € 20,50 (A)
O Artbook

THE LADY AND HER DEMON BUTLER

von Cocoa Fujiwara
€ 5,95 (D)/€ 6,20 (A)
O The Lady And Her Demon Butler

THE ROYAL DOLL ORCHESTRA

von Kaori Yuki
€ 5,95 (D) / € 6,20 (A)
O Band 1 bis 5
In 5 Bänden abgeschlossen

3/11 – TAGEBUCH NACH FUKUSHIMA

von Yuko Ichimura
& Tim Rittmann
€ 12,90 (D) / € 13,30 (A)
O 3/11-Tageb. n. Fukush.

TOKYO MEW MEW

von Mia Ikumi & R. Yoshida
€ 5,95 (D) / € 6,20 (A)
O Band 1 bis 7
In 7 Bänden abgeschlossen

TOKYO MEW MEW Á LA MODE

von Mia Ikumi & R. Yoshida
€ 5,95 (D) / € 6,20 (A)
O Band 1 & 2
In 2 Bänden abgeschlossen

TORIYAMA SHORT STORIES

von Akira Toriyama
€ 5,95 (D) / € 6,20 (A)
O Band 1 bis 5
O Band 6 [09/15]
Bislang 6 Bände in Japan

TOUCH OF PAIN

von Kano Miyamoto
€ 6,95 (D) / € 7,20 (A)
O Touch of Pain [08/15]

TRIAGE X

von Shouji Sato
€ 6,95 (D) / € 7,20 (A)
O Band 1 bis 5
€ 7,95 (D) / € 8,20 (A)
O Band 6 bis 8
O Band 9 [09/15]
Bislang 11 Bände in Japan

HALT!

Dieser Comic beginnt nicht auf dieser Seite. »**Hot Dog**« ist ein japanischer Comic. Da in Japan von »hinten« nach »vorn« gelesen wird und von rechts nach links, müsst Ihr auch diesen Comic auf der anderen Seite aufschlagen und von »hinten« nach »vorn« blättern. Auch die Bilder und Sprechblasen werden von rechts oben nach links unten gelesen, so wie es die Grafik hier zeigt. Schwer?
Zuerst ungewohnt, aber dann geht es ganz einfach.

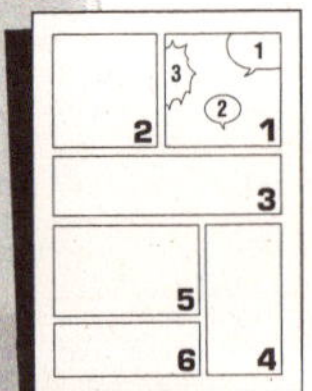

Probiert es aus! Viel Spaß mit »**Hot Dog**«!

CARLSEN MANGA
Deutsche Ausgabe/German Edition © Carlsen Verlag GmbH • Hamburg 2015 • Aus dem Japanischen von Dorothea Überall • INU MO ARUKEBA FALL IN LOVE • © KAZUSA TAKASHIMA 2007 • Originally published in Japan in 2007 by Libre Publishing Co., Ltd.Tokyo. • German translation rights arranged with Libre Publishing Co., Ltd. Tokyo, through TOHAN CORPORATION, Tokyo. • Redaktion: Britta Harms • Textbearbeitung: Johanna Sacher • Lettering: Datagrafix • Herstellung: Björn Liebchen • Druck und Bindung: GGP Media GmbH, Pößneck • Alle deutschen Rechte vorbehalten •
ISBN 978-3-551-73354-2 • Printed in Germany